2030年
心豊かな暮らし

高木利誌

明窓出版

はじめに

先日、京都の靴下のメーカーの社長さんと電話でお話ししたところ、「もう日本で靴下は作れませんので、機械は全部処分しました」とおっしゃっていた。また、

「今や、靴下はすべて、中国産です」とも。

さらに、千葉のピーナッツ会社社長の宮野様（『第4の水の相 ―固体・液体・気体を超えて―』〈ナチュラルスピリット〉をいただいた）からも、日本で販売されているピーナッツはほとんど中国産になっているとうかがった。

靴下やピーナッツのみの話とは限らない。日本の製造業の行く先は、今後どうなるのだろうか。

東大出の本省の方々は、日本をどこへ導くのであろうか。

本書でも著したとおりであるが、世のため、人のためになる新しい技術（例えば薬）

を開発しても、

「こんなものができたら、医者も病院もつぶれる」と言われ、日の目を浴びないまま埋もれてしまうこともある。

大学教授も、こうした背景から外国へと、国を追われてしまう人もいたとうかがっている。

日本や世界について、日々、憂いている私であるが、これからは、全員が考える必要のある世界になっていくと思う。

そうした内容を、本書では綴《つづ》っていく。

また、少し前のこと、ドイツの農学博士と、古史古伝の一つである「カタカムナ」の研究家が来訪された。

カタカムナの早川様が野菜（ダイコン、ハクサイなど）をお土産にくださったが、その野菜の柔らかく、おいしいこと。
「どうしてこんなにおいしいのですか」と問うと、
「あなたが以前、小冊子をくれたでしょう。そこに書いてあります。ケイ素の付与、これですよ」とのお答えだった。

ずいぶん前に書いた小冊子であったが、ご利用いただけたありがたさに、胸が熱くなった。

これまでに数冊発刊した小冊子だが、本書のパート2～パート5で、まとめてご紹介することとする。加筆をしているところもある。

7年ほど前から、小冊子で折々の研究成果や思いついたことなどを発表してきたが、今、この時にも見るべきものがあるように思われるので、ここでまとめておきたい。

中には重複している内容もあるだろうが、ご容赦いただけるとありがたい。

ぜひ、ご参考にしていただけると幸甚である。

目次

パート2　２０３０年心豊かな暮らし

パート5　電波から念波の時代

参考資料　カゼ

パート１　卒寿を超えて思うこと

ブラックシリカの効用

先日、贈っていただいたご本がある。

それは、『スーパーメディカルマットのすべて 認知症に、ガンに、すべての疾患に、血管拡張からアプローチ』（宮内照之 ヒカルランド）というタイトルであった。

アマゾンの紹介文は、以下である。

＊　＊　＊　＊

なぜ免疫力・自己治癒力が爆上りするのか?!

景気よく血行改善し健康になれるこのマットをあなたに！

そして全国の病院にも配りたいのです?!

世界に誇る奇跡の【ブラックシリカ素材】サンプル付き！

行き詰まった病い・不調でお悩みの方

病院に通わず、薬に頼らないで暮らしたい方
そんなあなたならぜひ試して欲しい血流改善のホープです！

特級品のブラックシリカを特殊製法で仕立てた！　世界で唯一、北海道上ノ国町でしか産出されない希少な天然鉱石・ブラックシリカ。その高品質な鉱石の力を１００％引き出した天然温熱マット「スーパーメディカルマット」は世界の医薬医療機器の国際基準【ＦＤＡ】の認可取得！　免疫を上げるノーベル賞クラスの医療用マットの秘密のメカニズムとその効果・効用・実績・誕生秘話を一挙公開！

臨床試験によって【血管拡張・血流改善】が認められた世界に誇る画期的な健康増進マットで万病を予防・改善できる！
ＦＤＡ（米国食品医薬品局）登録医療機器の厳しい審査基準を、臨床試験によってクリアし、〝寝ているだけ〟で体の芯から血流改善！

「医療機関や介護現場などをはじめ本当に多くの患者さま、支えるご家族の方々のご協力をいただいて、このスーパーメディカルマットが完成しました。

床ずれ（褥瘡）でスタートしたマットでしたが、使われた方から様々な症状が改善されたと声が集まるようになりました」

＊　＊　＊　＊

また、著者の宮内照之氏のプロフィールも引用しておく。この方も、波乱万丈の人生を送られているようだ。

＊　＊　＊　＊

スーパーメディカルマットの開発者。株式会社メホールジャパン代表取締役。

１９４１年旧満州国安東市生まれ。終戦と共に帰国。母の郷里である石川県金沢市で育つ。幼少の頃より生活の為に様々な仕事に携わり、三十代で起業。十年ほどで会社を社員に譲り、自身は日経連で労務管理や労働組合対策を学ぶ。四十代後半から国会議員の私設秘書となる。秘書時代には、新聞雑誌、テレビの記者と縁を持ち、天性からの正義感から企業や銀行、保険会社等の不正に苦しんでいる人を助ける仕事を続けた。約十年の期間を費やしてスーパーメディカルマットのプロトタイプが2003年に完成した。プロトタイプのマットは、大手医療メーカーより第一級品とのお墨付きを得、2005年8月米国FDAの医療機器の認可を取得した。開発以降沢山の方々の健康増進に寄与している。

＊　＊　＊　＊

実は、私の手元にもブラックシリカがあった。

知り合いに紹介いただいた、元々は深川の材木問屋の方の持山で採れたという石である。

「石を掘りたいので、お金を貸してほしい」と依頼され、その返済の代わりにブラックシリカの粉をいただいたのだ。

そんなご縁で、私の石の研究にまた、新しい活路を開いていただけたとは、世の中不思議なものである。

93歳を超えた今であるが、ブラックシリカを使った試作品を研究している。

「これで、おおぜいの方々のご病気が快癒することがあれば……」と、希望に胸を膨らませているところである。

ブラックシリカのテスト

知人の紹介でご本をいただき、ブラックシリカの土地の持ち主である二瓶様からいただいたブラックシリカの在庫があった。実は、二瓶様は脳梗塞のために入院されたが、ブラックシリカによって早期に完治し、退院なさったため、院長様から試作品作りを依頼されたのだ。採掘費用がなかったので、手元にあったブラックシリカの微粉末でさっそくテープを作り、家族と知人にテストを依頼した。

ところが、私も妻も、医療関係の知人も、かゆみが止まらないと、一日で中止。

さらに、本をいただいた知人から、製造元のテープが送られてきた。このテープは敷物の貸出用の、すでに何人かが使用した後の物のようであった。というのも、送られた箱に、何回分かの送付状が貼り付いたままになっていたからだ。

これが届いた途端に、私の体調が悪くなり、さらに、夜中に寝てもいられない状態になったため、病気の家族には敷くどころか、近づけるのも恐ろしくて返送した。

これを見る限り、病人本人の使用以外は、再使用不可かと思えるが、いかがであろうか。

テフロンメッキの特許

「高木さん、テフロンメッキの特許があるのに、どうしてメッキの仕事を廃業したのですか」という、保江邦夫先生にご紹介いただいた早川先生のご来訪での第一声にびっくりしてしまった。

「え？　どういうことですか」と、お聞きして、そのお答えに今度は私がびっくり。社長を務める我が家の婿さんから、

「次期社長を、甥の恒《ひさし》さんにお願いしたい」と申し出があり、了解すると、私の弟、大《まさる》の長男で外国勤務をしていた恒が帰国した。

そして、もともとは私の会社である「高木特殊工業株式会社」の社長に就任したのである。

私には一言の挨拶もなかったが、工場の事務所を片付けて、清掃を開始した。事務所の机、備品などを新品に交換し、古いものは我が家の自宅物置に運び込まれて、私の実験場所は無くなり、その後は物置を研究場所に指定されたのだ。

「たゆまざる技術開発を行い、お得意様を通じ人類社会に貢献する。」

――高木特殊工業株式会社

これは、父の高木七夫初代社長の示された、会社の基本方針であり、社是として事務所の額に表示されていたものであった。

これを新社長は、どのように引き継いだものであろうか。それ以前に、果たして読んだものであろうか。

そんな時に、突然の早川先生のご来訪があった。

その時はまだ、婿さんが社長であると思っていたのに、いつの間にか恒が社長になっていた。

テフロンメッキについては、かつて、日刊工業新聞の、「京都大学教授が世界一のテフロンメッキを開発した」という記事を見て、わざわざその教授にお会いしに行ったことがある。

私が英国に出かけて特許を取得した、テフロンメッキ製品を持参して行くと、先方が差し出したのは、なんと一リッタービーカーで作った、わずか一センチ四方のサンプルであった。

手前味噌にはなるが、私のメッキ製品のほうが、ずっとレベルが上であったのだ。

そんな経緯もありつつ、私はテフロンメッキを大切にしていたのだが、知らぬうちに廃棄しているという。

恒社長に聞けば、

「トヨタ自動車さんの命令だから仕方がないではないか」と。また、「特許の問題はこちらで片付けておいたで心配するな」と続けた。

その上、報告はないが、通帳から大金がなくなっているではないか。

思い起こせば、警察を退職し、その退職金全額を父に渡した上で、銀行への借金をお願いして、ゼロからの出発になったのだった。

私の女房と子どもを合わせて、四人の生活も、一万円にやっと届く給料で生活をしていかなくてはならないような状態であった。当時、トヨタさんの関連会社の社員であった大では、考えられないような苦しい生活であったと思う。

しかし、父の要望もあり、帰郷してみると、「なんで帰ってきた。すぐに出て行け」と、大夫婦《まさる》の大合唱が起こった。なんのサポートもしてくれるわけでもない、家族の持ち金は、妻の持ち合わせの3千円のみだったというのに。更に、恒はそんなことを知る由もない。

それから、父の勧めもあって、メッキの試作を開始した。二人の子どもの給食費にも事欠く状況からの出発である。

そんな苦労を重ねて立ち上げた会社であったのに、なんの断りもなく、「トヨタさんの命令であれば仕方がない」と、創業者である私や妻に何の相談もなく、仕事を変更してしまったのである。

また、たまたま事務所を訪れると、「何しに来た。ここは俺の事務所だ、出て行け」と、首筋をつかんで事務所の入口を開けて、私をつまみ出したのだ。

そして、休日にはゴルフに出かけ、研究熱心というわけでもない。

工場の今後が案じられる。

本家では、祖父兼重夫婦が名古屋へ出たので、母が私と弟（次男・和義）と母の弟の善治を育てていた。成長し、善治が本家の跡を継ぎ、私の父母を現在の禿山に追い出したので、食べ物にも困り、私が高校三年間パン屋を営業してしのいだ。

「大、見ておれ。本家は潰れる。お前もお前の子供の代には、必ず潰れるから見ておれ」と、私と大の前で言われたのが不思議であるが、本家は善治の死後、兄弟が裁判の末、屋敷を売却し破産した。

また、母が早朝に来て、昨晩、父が夢に出てきて言われたが、「隣地から侵食されているのを知らないか」という。さっそく、母と見に行くと、大幅に侵食されており、境界が不明になっていた。

そう言えば、困ったときに、父が夢で教えてくれたことがあったことも思い出した。

電気とは

電気って何だろう。

ラジウム石などの研究家であられた橘高啓《きったかけい》先生をお招きして、講演をお聞きしたことがある。

まだ、太陽光発電が脚光を浴びている頃のことであったが、「太陽光という光は何であろうか。それは、波長の集合体であり、ケイ素に通過させれば電気になり、電気にケイ素を通過させれば光に戻る（電球）」とおっしゃっていた。

波長には、光を伴うものもあれば伴わないものもある。さらには、音を伴うものもある。紫外線から赤外線まで、本当にたくさんの波長があり、これをうまく使えば世の中からあらゆる問題が解決されるという。病気もすべて治せるというのだ。

私としては、まさにそれを解決できる物質は、ケイ素であるという気がしているのであるが、いかがなものであろうか。

これに関連するかどうかはさておき、関英男先生は、ＵＦＯが飛行できるのは水晶のおかげであるとおっしゃっていた。

保江邦夫先生のお話によると、雑念の多い人間ではＵＦＯは操縦できないそうだ。

いろんなお話から考察すると、宇宙人と思われるラインフォルトや、ビクトル・シャウベルガーであったからこそ、空飛ぶ飛行機（ＵＦＯ）が制作できたのだろう。

神坂《こうさか》新太郎（＊１９１９年～２００７年。日本の物理学者。第二次世界大戦後、アメリカ軍に連れていかれ、ＵＦＯの作り方を学ばされた）先生がＵＦＯに搭乗されたというお話も、とても興味深かった。

そして、ＵＦＯの操縦法とは、我々の直感や空想、または関先生の念波に通じるものでなかろうか。関先生の念波についてのお話は、『高次元科学　気と宇宙意識のサイエンス』（中央アート出版社）というご著書で理解できる。

とてもわかりやすく書かれているので、皆様にもシェアさせていただきたい。

＊　＊　＊　＊

念波とは

（前略）念波は、人間の脳が大きく関係していますので、脳波と混同されやすいのですが、まったく違うものと考えてもいいかと思います。

脳波は、せいぜい毎秒数回から三十回程度と極端に周波数が低く、空間に放射される波ではありません。ただ、記録された図形が波の形をしているだけです。

それに対して、念波の周波数は極端に高く、現代の進歩した科学・技術を以てしても、これを器械で発生させたり受信したりすることは不可能のようです。また、空間に放射されたときの速度は、高速のものもありますが、その何億倍にも達するものもあります。従来、宗教家や哲学者は抽象的に「一瞬にして伝わる」といった表現で、その存在を示唆していますが、わたしのように具体的な数値で示した人はいませんでした。

念波がどれほど速いか、私たちがこれ以上速いものはないと考えている光速（＝電波の速さ）と比較すればよく分かります。

その間に、電波と念波の違いですが、電波は、私たち肉体が存在する場所、三次元でしか飛び交うことはありません。それに対して、念波は高次元を行き来できるものです。四次元波、五次元波、六次元波、七次元波と、どんどん周波数も高くなっていき、速度も次元が上がるほど速くなっていきます。

念波の中で一番下から四番目にランクされる四次元波でさえ、電波よりも十五ケタも速い速度を持っています。つまり、光だと十年かかる十光年の距離も、四次元波だと千万分の一秒程度で到達できるわけです。

千光年の距離でも、四次元波だと十万分の一秒という短時間になります。六次元、七次元となれば、もう想像を絶するような高級なものであることがお分かりになるでしょう。まさに、神の波動ということになります。

＊　＊　＊　＊

また、知り合いの宮野さんから、『第4の水の相 ―固体・液体・気体を超えて―』というジェラルド・H・ポラック著のご本を送っていただいた。

この著者のプロフィールは、次のようなものである。

＊　＊　＊　＊

米国ワシントン大学生物工学科教授。

生物の運動や細胞生物学から、生物学的な表面と水溶液との間の相互作用に至るまで、幅広い分野に関心を持つ。

学術雑誌『ウォーター：学際的な研究雑誌』の創刊者で編集長。

「水の物理学・化学・生物学に関する年次会議」の創始者兼チェアマン。

ロシア・エカテリンブルクにあるウラル州立大学の名誉博士、

（以下略）

（Amazon　紹介ページより）

＊　＊　＊　＊

また、本書の概要についても参照していただきたい。

＊＊＊＊

水への常識が変わる！
今世紀で最も重要な科学的発見のひとつ！
固体・液体・気体の３つの相とは異なる
「第４の水の相」とは

受賞歴の多いワシントン大学工学科教授が発見した
「水」の驚くべき性質が、今、明らかに！
「第４の水の相」とは、
水が親水性の性質をもつ固体の面に接した時に作られる
液晶状の構造の状態を指しています。
「第４の水の相」は「情報を記憶する」可能性を備えている！

★『第４の水の相』★

「水には固体（氷）、液体、気体（水蒸気）の３相（３態）がある」ということはよく知られています。

著者らの実験で、電気を帯びた物質の周囲の水が数百マイクロに渡って液晶化することが明らかにされ、３相に続く『第４の水の相』（第４番目の相）である液晶状態の水（氷と水の中間の中間の中間に位置する）は通常の水に比べてより高い秩序があり、記憶作用を持つ水であると考えられています。

その分子構造は、層の平面に垂直の方向から見ると正六角形が平面に敷き詰められた形、つまり蜂の巣状の形になっています。

この『第４の水の相』は電気エネルギーを蓄えることができ、

『第4の水の相』とその外側の層に電極を差し込むと電気が流れ、
赤外線を照射すると『第4の水の相』が数倍に増加するなど、
水が環境中の微弱エネルギーを吸収することで
『第4の水の相』を生み出すことが推測されています。

「この『第4の水の相』は、私たちの身体の7割を占めると言われている
水においても、地球という惑星全体を巡る水の大循環においても、
あるいは地表の7割を占める海洋においても、
決定的に重要な役割を果たしています。
この『第4の水の相』を理解することなしに、
私たちは決して水を理解したと言うことはできません。」

「コンクリートの歩道は、街路樹の根が盛り上がって割れることがある。
根は主に水でできている。

水でできた根が、どうして固いコンクリートの板を割るほどの力を持ち得るのだろうか（第12章を読んでほしい）」

「水は、化学的や光学的なものから始まって、電気的や力学的なものに至るまで、あらゆる種類の仕事をこなすことができる、ということは明らかである。

これらの仕事を行うのに必要なポテンシャルエネルギーは、電荷の分離によりもたらされる。

そして、この電荷の分離は、放射エネルギーが吸収されることによって引き起こされる。

水に蓄積されるそのエネルギーは仲介役として働き、ありとあらゆる仕事、すなわちエネルギーの出力を駆動するために使われる。

この一連の流れは光合成と酷似している。」

「本書を読むにあたり、読者は科学者である必要はない。
本書は初歩的な科学の知識さえ持っていれば、誰でも読めるように作られている。
正と負が引き寄せ合うことを理解し、
化学の周期律表のことをどこかで聞いたことがあれば、
本書のメッセージは理解できることと思う。
しかし既存の教養に真剣な疑問を投げかける行為を軽蔑する人々にとって、
本書のアプローチは不快に感じられることだろう。
なぜなら本書の全編にわたり、既存の教義への挑戦が織り込まれているからだ。
本書は正統派の科学書ではない。
湯気の立ち込めるホットなシーンと
予想外のどんでん返しでいっぱいのストーリーであり、
それらのすべてが読んで楽しく、
読みごたえのある作品を構成しているものと私は願っている。」

（本文より）

（Amazon　紹介ページより）

＊　＊　＊

水には、個体（氷）、液体、気体の3相があるというのが、最近までの概念であった。しかし、本書によると、雲になり、水蒸気になり、電気そのものにもなり、様相を全く異にするものになる。

考えてみると、水とは1個の酸素と2個の水素の結合体である。電荷を帯びるのも、至極普通のことではあるまいか……、いや、それよりもすべての元素そのものにも、同じことが言えるのではなかろうか……。

すなわち、すべての物質は電気そのものであるのだ。それを人類に役立つものとして有効利用するか、あるいは、ものによっては軍事兵器などに用いることで、危険物になるかである。

大雨による大洪水に悩まされる地方の皆様は本当にお気の毒であるが、作物を育て、乾く喉をいやす水は、とても大切なものである。

ところが、戦国時代には、水攻めという戦法にも使われていた。他方で、コップ一杯の水に石を使えば、電池にもなる。

そして電気とは、われわれ人間に役立つものの一つの形態ではなかろうか。

先日、いつも情報をくださる塩田さんから、先端技術研究機構の「ＡＧＳデバイス電池」の文章をシェアいただけた。

ここでいう科学技術とは万年電池のことであり、少し工夫すれば地球人でも開発可能な技術である。最終工程の金属元素の配列が操作できない故に、この技術についてもまだ発明に至っていないが、数年前から研究している我々の仲間によって、いずれ形になるだろう、とのことであった。

万年電池といっても、金属原子の摩耗寿命があるので、20～30年が限度であろう。しかし、一部の電池メーカーでは開発済みとか。

皆様が、私の作った物によって、「バッテリーが20年もったよ」などと報告をしてくださるのは、携帯電話などのバッテリーも、20〜30年くらいは充電不要になるということであろうか。

水漏れの原因

部屋の入口の床に水溜りがあった。何だろうと見ていると、「ポタリ」と頭に1滴の水滴が落ちてくる。

上を向いてみると、なんと、部屋のエアコンから落ちているではないか。今年（2024年）の夏は、毎日三十度を超えるほどの高温が続いた。これぞ、まさにかつて、知花俊彦先生が提唱されていた、

「水が欲しければ空気を冷やせば、世界中どこでも、水道がなくても水を飲むことができる」というお話そのものではないか。知花先生については、ご存知の方も多いとは

思うが、先生のご研究を受け継ぐ風大和《かぜやまと》研究所のサイトより、プロフィールを引用させていただく。

＊＊＊＊

1940年、旧満州ハルピンに生まれ、沖縄で育つ。

幼少より霊能力に優れ、中学を卒業後は南米へ渡る。

ボリビアで約30年間、農耕作業をしながら、自己を追求する。

その後、「日本で神理を説きなさい」という啓示を受け、沖縄へ。帰国後もエジプト、ヒマラヤで修行し、宇宙意識に到達。

宇宙の法則やフリーエネルギーなどあらゆる分野に精通し、超意識の世界人類救済のために指導を行う。

地球環境の保全と修復のための研究開発に取り組み、更に人類の未来と宇宙意識への到達の為に瞑想と講話を通じて指導を行う。

2009年、この世のすべての役目を終え、天に帰りました。

＊　＊　＊　＊

知花先生の教えは、まさに「地球を愛する心」ではなかったか、と思われてならない。そして、関英男先生は、地球よりももっと大きい宇宙を読み解かれていた。遠大な心でもって教育に当たっていらしたのではないだろうか。

関先生はご生前、「洗心」という教えを説いておられた。感動が湧き上がる素晴らしい教えなので、ご紹介させていただく。

（『高次元科学　気と宇宙意識のサイエンス』関英男　中央アート出版社）

＊　＊　＊　＊

洗心とは

これまで、清い心で正しく生きなければいけないというような言い方を何度かしてきましたが、実は、精神世界への流れは、それがすべてなのです。

精神世界というと、超能力やＵＦＯや霊やチャネリングといったものが一人歩きしてしまい、本質を見失ってしまうことが往々にしてあります。現在の精神世界ブームもそのきらいがあります。

精神世界は素晴らしい世界であると同時に、進むべき方向を間違ったら、とんでもないことになってしまう危険性も秘めていることを忘れてはいけません。（中略）たくさんの霊能者、宗教家が、一時的な華やかさの後で悲惨な末期を迎えることはよくあることです。今、マスコミで派手に取り上げられている方たちも、この後ひどい状況にならなければいいがと人ごとながら心配になってきます。

精神世界と付き合う場合、一番重要なことが心の持ち方、生き方です。正しく生きていれば、何も問題ありません。しかし、変に能力があるばかりに、誘惑も多く、正しく生きる道から外れてしまうのです。

ここで、洗心を心がけることが非常に大切になってくるのです。

洗心とは、書いて字のごとく、心を洗うということです。

超能力を獲得する方法もお教えしましたが、ただ超能力を手に入れただけでは何の意味もありません。そこに洗心が加わらなければ、最後にはひどい目にあうことになるのです。

私の話を聞いて、超能力を手に入れようと思った方は、ただ形だけから入るのではなくて、必ず、私のいう洗心を実行してください。

まず最初は、積極的な方法で、「こう生きなさい」ということをお教えします。

・強く
・正しく
・明るく
・我を折り
・よろしからぬ欲を捨て
・皆仲良く、相和して
・感謝の生活をなせ

これだけです。これが実行できれば、素晴らしい精神世界の指導者になれます。

もう一つ、これは消極的な方法ですが、「こういう心は持ってはいけない」ということです。
・憎しみ
・嫉み
・猜み
・羨み
・呪い
・怒り
・不平
・不満
・疑い
・迷い
・心配心
・とがめの心
・いらいらする心

・せかせかする心

以上です。何となく分かると思いますが、実行となるとなかなか難しそうです。

ですから、毎日一つずつチェックしていくことが大切でしょう。常に、この洗心を心にとめながら生きて行くこと。これが、最も重要なことなのです。

＊　＊　＊　＊

この洗心を実行できれば、世の中に助けていただけることを実感している。

井戸水

私が子どもの頃のことである。

井戸水といえば、部落の半分ほどでは、50センチほどの深さに土管を埋めれば水が湧き出ていた。

「堀貫井戸《ほりぬきいど》」（＊不透水層〈水を通さない地層〉を掘りぬき，その下にある帯水層〈地下水層〉に通じている井戸）といって、スイカや瓜を浮かべて冷やしていたことをなつかしく思い出す。

しかし、聞いたところによると、トヨタ自動車様が工場を建設し、地下深く井戸を築いたことで、堀貫井戸は姿を消したようである。

私が警察官を退職し、工場を始めてから、従業員不足で困っていたことがある。

警察官時代は、少年法や外国人登録法などの担当であったことから、外国からの移住者、またその2世については従業員として雇うことができることを思い出した。

かつて父の工場で、ミシン工として働いていただいていた娘さんが、隣部落の青年と結婚、ブラジル移住されたことがあった。

そこで、小学校時代の同級生で、すでに「三和シエル」という会社を経営していた荻野正行君に相談し、ブラジル訪問を計画した。

現地では久野様を訪問し、息子さんのほか、何人かに働いていただけるようにお願いをした。

その頃には、ブラジル便は週一便のみであった。

大学時代に所属していたボート部の永田君が、ブラジルの日本発条株式会社ブラジル工場社長であられた森田社長様を紹介してくれ、社長様のご案内にて、一週間勉強させていただくことができた。そのときに、

「ここは日本と同じではないので、信号機を見るな。左右と後に注意せよ。皆が動き出したら、信号が青になったということだ」と言われた。


その時感じたのは、鉱石の販売店の多いことである。

そして、鉱石のパワーは、手に持っただけで感じられるほどの素晴らしさがあった。きれいに磨かれた物は当たり前としても、切り出されたくずのような鉱石にも、素晴らしいパワーがあったのだ。

そのくずの石を袋に入れて、一ドル札一枚か二枚でお譲りいただけた。これを持ち帰

り、水に入れると、一、五ボルトの電流を計測した。

「これは、乾電池一個と同じボルトの値ではないか」とびっくりした。

そこで、小型粉砕機を購入して、まずは粉にし、その粉を水に入れると、電池になることが判明した。

また、その粉を駄目になった電池に塗ると、再生するものが多かった。そうした有益なことが次々と判明したが、これまでの著作に何度も書いてきたとおり、市役所からも、「こんなものができたら電気屋さんが困る」と言われ、学会に発表するも、「業者如きが学会を侮辱するのか」というお叱りを受けてしまった。

このような時期に、たまたま旭鉄工の社長様からいただいた国際学会の草柳大蔵先生のテープを聞くと、やはり感銘するところが多かった。

草柳先生からは、

「叱られたというのは本物だからだよ」とおっしゃっていただけたのはありがたかっ

た。

そして草柳先生のご紹介にて、粉を固めるメーカーの社長様にお会いすることができた。

鉱石の粉から直径一センチほどの丸い球を製造し、水改良製品にすると、たまたまそれがトヨタ自動車様に渡ったとのことで、塗装工場でご使用いただけたらしい。洗浄水の改良のおかげで、塗装不良が激減したとうかがった。

そこでトヨタ様の全工場からご注文いただけて、水が変わるということは、飲み水でも、工業用でも、素晴らしい効果があると判明し、お褒めいただけたことがとても嬉しかった。

更に、船井幸雄先生にもご来訪いただけた。円形に加工したものを見ていただくと、「これは素晴らしいパワーですね。パワーリングと名付けてはいかがですか」とご命名くださった。

その時にご同行された慶応大学の教授様が、携帯電話が電池切れして困ったことになった時に、そのリングに載せると間もなく電池が復活し、通話可能になったとご報告くださった。

これこそまさに、パワーリングだったのである。

グラスノチ情報公開

かつて、ソビエト連合があった頃、ダイヤモンドメッキについての情報公開があったと聞き、お尋ねしたいことがあったので、ソ連の大使館へ行った時のことである、通訳がいらして、こちらの日本語を訳していただくことができた。そこで、

「寒冷地の、車の潤滑油はどのようになっていますか？」と、お尋ねすると、

「グリスなどといった潤滑油は使えませんので、ダイヤモンドを使用しています」とのお返事であった。

「え……？　ダイヤモンドとはまさか……」とびっくりする私に、
「これを開発されたのは日本人ですよ」とおっしゃった。
「ダイヤモンドパウダーは天然のダイヤでは作るのが難しいですが、日本の方が人工ダイヤモンドを開発されて、パウダーに加工したものが潤滑油の代用品に使用されています」

お聞きすれば、おがくずを真空中で爆発させると、ナノサイズのナノダイヤモンドパウダーが出来上がるとのことであった。

ナノダイヤモンドパウダーは、一カラット五万円とのこと。一グラム二十五万円で購入して帰り、帰宅してからさっそく、ナノダイヤモンドでのコンポジットメッキ（＊複合メッキ。メッキ浴中に微粒子を懸濁させて、メッキ皮膜中に微粒子を共析させながら、メッキを成膜する方法）を試作してみた。

そして、取引先である研究室の課長様に依頼して、試験やデータ解析をお願いした。課長様からは、

「これは素晴らしい。テフロンメッキをはるかにしのぐ潤滑性ですね。こんなものが汎用性のあるものとして出来たら、車の潤滑油、更に、我社の製品もいらなくなりますね」とうかがった。続けて、

「車も工作機械も、飛躍的に耐久性が上がることでしょう。世の中代わりますから、本格的に開発されるのは、ちょっとお待ちを」と。

他にも、ソ連大使館でお聞きしたのは、

「チェルノブイリ原子力発電所事故の後に問題になった、小児がんの治療をしてくださったのは、日本人ですよ」とのことであった。それがチェリノブイリの小児がんの治療に使われているらしいこと。

かつてお聞きしたことによると、厚生省の依頼によりがんの薬を開発した京都大学の林教授が、出来たものを厚生省に提出なさると、

「こんなものが出来たら、医者も病院もつぶれる」と拒否されたという。

どうやらそれが、チェリノブイリ後の小児がんの治療に使われているらしい。

このお話は鈴木さんという方に教えられたことであったが、私が63歳の時にがんになり、その鈴木さんから譲っていただいたものがある。

それは、農業用の土壌改良材に利用されている、鉱石を使用した粉であった。京都大学の林教授の開発された薬が、がんの薬として患者を治すのがだめなら、土壌改良剤として使用したらどうかというアイディアがあったそうだ。

それを農地で使用すれば、無農薬、無肥料にて、素晴らしい農作物が期待できる。しかし、農協に相談すると、

「こんなものが出来たら、農協はつぶれる」と拒否されたらしい。農薬や肥料が売れないと、農協は立ち行かなくなるということのようだ。

私はそれを大匙2~3杯をお湯に入れてお茶代わりに飲み始め、30日ほどして再診察に行くと、お医者様が、

「あのがんがどうしてなくなったのか」と、びっくりされたことを覚えている。

さて、私の本業はメッキ業である。

日本でいちはやくメッキにテフロン（＊テフロンは、フッ素原子を含むプラスチック原料の総称。フッ素樹脂とも呼ばれる。耐熱性、耐薬品性、非粘着性、低摩擦性などについて、優れた性質を備える）を導入したのは、私の会社であった。鉱石粉を混入する製品の製造特許を、外国で導入することができたのだ。

ソ連大使館でご指導いただき、お得意様のご注文により製造を開始し、装置にテフロンメッキを施すなどの仕事の受注を開始した。

ダイヤモンド混入メッキを試すと、新しい取引先の重役さんが三人でご来訪になった。

「ぜひ、1万個発注したい。条件を満たせば今後も続けたいので、さっそくお願いします」とおっしゃられた。

そこで、鈴木さんから譲っていただいた石の粉をメッキ部品の中に入れて試作品を製作していると、たまたまご来訪になった船井総研の船井幸雄元会長様が、

「これは素晴らしいパワーですね、パワーリングと名付けたらどうですか」と言ってくださったのは先述のとおりである。

また他にも、ダイヤモンドパウダーをメッキに入れた製品を制作し、テフロンメッキと比較すると、なんと製品の摩擦係数（＊2つの物体が接している面の摩擦度合いを表す値。物体を動かすのに抵抗する力との比で表される）が、テフロンよりも一桁下であった。

摩擦係数が一桁下ということは、テフロンメッキよりも滑りが良いということであり、まさに潤滑油が必要ないということではないか。

しかし、その当時は、材料のナノダイヤモンドの値段が1グラム二十五万円ほどもしたので、自動車産業などで使ってもらうには、採算的に無理があった。

おそらく、ナノダイヤモンドの価格が1グラム千円を下回るようになると、テフロンメッキの必要がなくなり、ダイヤモンドメッキの需要が大幅に上回るはずと思われた。

自動車部品に限らず、工作機械でも大幅に耐用年数が増えて、自動車部品メーカー、工作機械メーカーに大きな恩恵があるに違いない。

かつて、「2030年にもなれば、空飛ぶ自動車全盛の時代となるだろう」と思い描いて、小冊子を出したことを思い出すが、それも夢ではないような時代となっている。

関英男先生はじめ、大勢の先人が著されていたような、書籍のとおりになるのではないだろうか。神坂新太郎先生は戦時中にUFOを制作していたそうだが、陸軍省での交渉中に終戦となり、中止となったとうかがった。

ドイツから派遣されたラインホルト博士といっしょに製作に携わったという宇宙船の技術こそが、現在でもまだ明らかにはされていない、UFOの制作技術そのままではなかっただろうか、

そして、未来はダイヤモンドメッキがもっと活用される時代となるのではないだろうか。

次の時代に、期待を込めて引き継ぎたいと思っている。

高木特殊工業株式会社の設立時

高木特殊工業株式会社の設立には、弟の大を含めて、設立資金を出してくれたものは誰もいない。当時は七人の名前があれば株式会社を設立できたので、七人の名前を連ねてそれぞれ印鑑はいただいたが、出資は誰にもいただかなかった。

資本金は3千円で発足。銀行からお金を借り入れ、父の命令で、営業収入が入るまで返金をお待ちいただくこととした。

お世話になった美濃商店様には1年以上も支払いをしない中、設備や薬品をお届けいただいていた。

その頃は、二人の娘の給食費も払えず、学校で先生に、

「忘れました」と言わなくてはいけないという、本当にみじめな暮らしをさせていた。

それから五十年、工場も拡張でき、独自の技術を開発し、外国特許も導入した。土地を購入し、豊田工機さんに工場もお借りいただけたこともあり、拡張できた。

しかし、先述のように、婿さんの社長から、「次期社長に、甥の恒さんにお願いしたい」と申し出があり了解すると、株主である私になんの挨拶もなく、工場の事務所から机、什器などを家の物置に移されてしまった。恒社長には、

「トヨタさんの命令だからしかたがない」と、外国特許をとったメッキも廃業となった。

株式会社のオーナーには何の許可も必要ないとばかりに、私が創設した工場の事務所にも入れていただけない。事務所へ行くと、

「ここは俺の会社ではないか」と、首筋をつかみ、追い出された。

繰り返しになるが、父からも、兄弟からも、設立のための印鑑はいただいたが、出資はしていただいていない。これだけは、はっきりと言い残しておかなければ、耐え忍んで協力してくれた妻、子供に申し訳が立たない。

買い入れた土地も2千坪あまりあって、そこの一部を豊田工機様の豊田工場を建設す

るためにお借りいただき、家賃収入でなんとか過ごせるようになった。

そこまでにも紆余曲折があった、保健所の公害課長様からは、「メッキタンクの横からも下からも中を確認できるようにすること」という命令があり、それに対応するのもたいへんであった。

そこで、収入確保のために、ヨーロッパのメッキ事情を視察し、ドイツのシュナール社のオイゲン社長様からテフロンメッキを教わって、英国の特許権企業から特許権を契約することができ、テフロンメッキを開始したのだ。このおかげで、収入源を確保できた次第である。

この時、日刊工業新聞に、「京都大学で世界一のテフロンメッキ開発」という記事が掲載されていたというエピソードは先述のとおりである。

さっそく、我が社が特許を導入して、毎日トラック2台分のメッキ部品を納入しているという状況を説明したのだが、お見せいただいたのは、1リッターのビーカーで作られた、1センチ平方メートルのサンプルだけだったのである。

それが今回、恒社長が止めることにした、特許を導入して立ち上げたメッキの仕事であった。

勝手に止められたのは、悲しくもあり、本当に新社長の行動が情けなかった。

悲しい国、日本

私が工場を設立して、開発を進め、工業試験所に御指導を仰ぎ、試験をお願いしようとした時、どこの試験所からも拒否されていた。

致し方なく、「自然エネルギーを考える会」を設立して、試作品などを知人にお試しいただいていた。

更に、物理やエネルギーの専門の先生方を講師としてお招きし、ご講演をいただいたことも、とても勉強になった。

第一回講演会を兼ね、試作品の発表会とした。その時に発表したのは、次のようなことであった。

一、私の作る塗料を塗布すると、駄目になった乾電池が回復する

二、京都大学の林教授が、厚生省の依頼でがん治療の薬を開発、提出すると、「こんなものが出来たら医者も病院もつぶれる」と却下された

三、それを土壌改良材にすると、「無農薬、無肥料にて野菜も米も増収するようなものができれば、農協が立ち行かなくなる」とクレーム。教授は大学からも追われてしまった

このように、良いものが出来ても、日本の業者、お医者様、薬品メーカー、農協が困る物は売るわけにはいかない。仕方がないので、外国に転出せざるをえないものも多いと思われる。

外国特許の導入をしても、今度は外国特許はダメで、国産の開発技術に変更を余儀な

くされる。それも、私が知る限りはるかに劣る技術であり、不良品が続出の技術であるにもかかわらず、なのだ。

今の日本とは、悲しい国である。

そして、2024年の3月に、メキシコの院長先生、10月にアメリカの院長様のご来訪があった。

駄目といわれるならば

「駄目になり、廃棄された電池やバッテリーの再生や、充電が可能になる物は禁止」と、市役所から禁止命令をいただいたのは、先述のとおりである。

それでは、新品の電池やバッテリーに波動を与えて長持ちをさせる目的で、容器に加工したらどうかと思いついた。

電池、バッテリーに直接加工するのではなく、容器を加工するのである。その容器を

10年ほど前から使い続けているのだが、現在も充分に、機能を維持している。

また、医薬品についても考えてみた。

医者でもなく、薬品方面の学識者でもない私としては、丹羽靭負先生の『水：いのちと健康の科学』（ビジネス社）という本にはずいぶんと助けられた。

内容は、次のようなものである。

＊＊＊＊

水を浄化させる4〜14ミクロンの電磁波・遠赤外線とは？

水質汚染をいかに解決し健康をいかに維持するかを科学的にやさしく解説。

目次

科学文明の発達のもたらしたもの／深刻な水源の汚染／太陽光線のエネルギー・電磁波（遠赤外線）／電流・電子・磁気・超音波・電波の作用／遠赤外線の人間や癌細胞に

及ぼす影響の実験／遠赤外線の日常生活への利用／天然の植物・種子や〝あぶら〟も重合の切断が必要／科学の進歩と自然回帰の調和を求めて／不飽和脂肪酸の健康食品・化粧品は有害である／真の文明人の治療法と予防医学の神髄

＊　＊　＊　＊

また、丹羽先生のプロフィールもご紹介する。

＊　＊　＊　＊

１９３２年、大阪府に生まれる。京都大学医学部を卒業。医学博士。土佐清水病院院長。活性酸素とＳＯＤ（高分子抗酸化剤）研究の世界的権威で、国際医学雑誌に発表された英文の研究論文、臨床論文は60編を超す。西洋医学の限界を知り、自然の植物から独自の抗酸化剤、制がん剤を開発し、全国の診療所でがんや膠原病などに大きな治療成果を上げている。

＊　＊　＊　＊

この本を読んで、水の大切さにはおおいに気付かされた。
「病気にならない飲み水を飲む」ということが、もっとも健康への近道ではないかと思う。

新型コロナウイルスに感染し、入院をした経験者としては、自身に実験を試みたこともあった。家から、試しにメッキしたコースターが届いたので、コップを載せてから、中にある水を飲むと、呼吸が楽になって酸素吸入が必要なくなった。おそらく、酸素、水素が多くなったと思われ、その水を飲めば、病気にも影響があることが理解できた。

ならば、がんや病気でお困りの患者様にお使いいただいてはどうだろうか。
そうした患者さんを診ていらっしゃるお医者様にも、ご試用いただき、良い結果のご報告もうかがっているところである。

また、無農薬、無肥料栽培をされている農家さんにも、ぜひご試用いただきたい。

無農薬、無肥料でできた作物は、味はすこぶる良いことはわかったが、無農薬だと、貴重な白菜や大根の葉っぱは虫の餌食になってしまう。

店に並べられるものとしては、難しいものがあるのではないかと思うが、こうした水を使用されれば、改善が見込めると思っている。

テフロンメッキについては、現在、私は口出しできる立場ではなくなったが、ダイヤモンドメッキ開発を試してみた実績がある。

しかし、人工ダイヤモンドの値段も安くなり、テフロンメッキよりはるかに優れ、安価に加工できることがわかったが、潤滑油、メタルも必要ないような車が開発されれば、不用の技術と考えられる。ただ、空飛ぶ車の時代になれば、こうした技術が必ず要ることになるのではないか。

私も年を取りすぎたようだ。

年寄りの冷水と言われないように、静かにしているのが得策なのかもしれない。

パート2　２０３０年心豊かな暮らし

２０３０年心豊かな暮らし

テスラモーターをはじめ、世界の自動車メーカーは、一斉に電気自動車開発に舵を切り始めた。

私の予想では、２０３０年には、世界は確実に電気自動車の時代になる。

２０３０年の市民生活は、劇的に変わっているだろう。

まず第一に自動車についてだが、電気自動車が中心となり、地上のみならず、空も飛べるようになる、そんな時代が来ると思う。

災害時など、水上でも道のない場所でも、橋が壊れていても、すぐに駆けつけることができるものだ。

もちろん、そうした災害などの不測の事態のときには電気の供給源にもなり、埋もれていた自動充電装置も、新しい集電装置も役立つようになっているであろう（知花敏彦氏は、これを20年も前に開発し、現在も国の研究機関で保管されているらしい）。

知花敏彦氏とは面識はないが、日本のみならず南米各国で農業指導や講演をなさっておられ、その講演録を河合勝氏が出版なさっている。

その書籍と、戦時中にドイツ人技師と浮揚体を作って操縦された神坂新太郎氏のお話、電気の分野で有名な関英男博士のお話、リンゴの無農薬栽培農家でありＵＦＯに乗られたという木村秋則氏のお話を総合して、私自身が検証して得られたものをもとに、２０３０年を想像した夢物語を綴ってみたい。

家庭生活

家庭用の電気は、太陽光発電や、知花氏やニコラ・テスラの提唱する集電装置により、安定した自家発電で十分にまかなうことができるし、停電もなくなる。

災害にあった場合などは特に、停電がないのはありがたい。

しかも装置は、一般家庭でも自前でできるような簡単なものというのが嬉しい。

また、知花式採水法（地球上の大部分の場所では、空気を冷却すれば水が得られる）によって、渇きもなんとか凌げる。

また、丹羽靱負医師が提唱されている、がんを治すより重要な、がんにならない水を鉱石によって作り、自家製の健康水で健康生活ができるようになっている。

この丹羽先生推奨の鉱石を使った水の電位は1．5ボルト以上で、乾電池1個の電圧と同じである。ということは、体の中の水分の電位が上がって体温も上がれば、がんになりにくくなる、ということではあるまいか。

鉱石にはそれぞれに固有の波長があり、その波長の組み合わせによって電気も得られる（集電、充電）。鉱石による自家用発電装置も夢ではない。

実はすでにできていて、しかも私の住む豊田の隣、安城市の日本最大のさつまいも農家の照沼様からメールでお知らせいただき、一月十日に入荷いただいた。金二十五万円であった。

2030年の家庭電化は、こんな方向ではないだろうか。

電気が自家集電になり、それで冷却装置を作れば空中の水分を、人が使える水にできる（知花敏彦氏説）。

電気と水が自家用でできれば、いざというとき非常に心強い。

農業

無農薬無肥料のリンゴ栽培については、木村秋則氏が有名である。

知花式農業では、野菜の葉などを糖みつで培養したものを野菜に与えれば、収穫期間が短縮され、さらに多収穫になるとのことである。

さっそく試した結果、野菜の葉以外に茎などのくずでも雑草でもよく、環境を共有できる半径1キロメートルくらいに生息するものならばさらによいことがわかった。

それを糖みつで培養すると、1週間くらいで利用できるようになる。

これを100倍くらい薄めて、適宜、植物に与える。

知花氏の本によれば、サツマイモなら通常は60日かかるものが45日で収穫でき、収量も倍くらいになるそうだ。

また、ほうれん草では1メートルくらいのものができる。

私がキュウリで試した結果を報告する。

5リットルくらいの容器によるプランター栽培で、花がついたころ葉にうどん粉病が出始めたが、知花式農業を思い出して、前年に作ったサツマイモの培養液を100倍くらいに薄めて給水したところ、みるみる元気になった。

その後は、台風で飛ばされるまでほとんど毎日収穫でき、更に枝が出て1本の茎が2本立てになり、それぞれの枝でほぼ毎日、1本ずつ収穫できた。

この培養液は稲、トウモロコシ、マンゴー、コーヒーでそれぞれ効果が認められ、マンゴーなどは手のひらに入りきらないような大きな実がなった。

もちろん味は抜群で、店で買うものの比ではない。今年のマンゴーは台風でだめになってしまったが。

糖みつ培養液だけではなく、ＥＭ農法、万田酵素、神谷酵素等を試して、どれも効果はあったが、糖みつ培養液は1週間ででき、自分で作れるところがありがたい。また、発育の勢いがよく、害虫が寄り付かないことも魅力的であった。

この他には、田んぼも畑も、鉱石粉を1アール当たり20キログラムほど入れると地力もつき、米も果物も味がよくなる。

鉱石粉は、一度入れたら、その後何十年も入れる必要がない。

試しに電圧を測ってみたら、鉱石粉を20年前に入れた田んぼが、現在でも隣の田んぼより0．1ボルト電圧が高く、1．6ボルトであった。

前述したが、乾電池1個の電圧が1．5ボルトなので、それよりも高い田んぼは発電所ということになる。

電圧が高ければ害虫は寄り付けない。

このように、石の粉と糖みつがあれば農業は一変する。

ちなみに、植物の幹やもみ殻などの主成分はケイ素である。

燃やして残る灰はケイ素であるから、特段、鉱石粉にこだわる必要はなく、植物の灰でもよい。

植物の灰の中でも、根の灰がさらに良いことが分かった。根の生長の型のためである。

これは、ナノマイクロコイルといって、円錐型のコイルであるようである。

ビジネス

さて、ビジネスの世界はどうなるだろう。

現在の学生の就職活動の動向を見ると、将来のビジネス社会の動向が垣間見えてくる。

あらゆる職業が、劇的に変化してくるのではないだろうか。

戦後、マッカーサー改革で家族制度が崩壊、小泉改革でビジネスの仕組みががらりと変わり、大型店舗にとって代わられた小規模小売店が消滅、大型店はコンビニの影響を受け、コンビニや書店は通信販売へと、次々に目まぐるしく変わってきた。

今後、製造業もよほど対応能力が高くない限り、生き残ることは難しいのではないだろうか。

今までの延長線で運営できると思ったら大間違いで、巷間で言われているように、劇的に変化する社会に対応し、そのテンポに合わせて設備、装置を変えていく余力を確保できなければ、金利がいかに安くとも存続は困難であろう。

スマホや端末で買い物ができ、決済まで行われ、利用者にとっては非常に便利になるようであるが、果たしてその体制に追従できる企業がどれだけあるであろうか。

今、アパレル業界が難渋しているように、次の次を予測、対応していく必要があるが、学校の勉強よりもはるかに難しい。

予測は大変である。

ただ、間違いなく言えることは、結局は現在の経済活動が続いていけばという前提での話ということだ。

突然、突拍子もないことが起こることはそうそうないと思われるが、エネルギー源が解禁されたら何が起こるかわからない。

例えが悪いとお叱りを受けるかもしれないが、スラム街でも、自前の電源により電気も水も得られ、健康生活ができるのだ。

歌の文句ではないけれど、「いいえ世間に負けた」と弱音を吐くことなく、みんな平等に、文化的で心豊かな生活が待っているのではないだろうか。

石は万能選手

理科系を希望しながらも大学ではその道に進めなかった私を、再び理科系へ呼び戻してくれたのは〝石〟であった。

そして、その万能選手の石に改めて感謝とお礼を述べるために、私の試したことを並べてみる。

受験をする大学の選考に際し、恩師から「君の志望を見ると理科系のようだが、理科系の勉強はいつでもできるが、人間を作るのは今しかない。文科系の大学で4年間人間を作り直してこい」とアドバイスをいただき、卒論のない法学部を受験することになった。

本来は、物理か化学を専攻し、高校か中学の教師になって研究室に入れたら、などと思っていたが、急遽思いもかけず、憲法、刑法、民法など、肩の凝るような勉強をすることになった。

大学卒業直前に、就職内定を取り消され、さらに卒業試験真っ最中に、「父入院すぐ帰れ」という電報を受け取った。

翌日は必須科目の試験日で、「困った」と思えども、父は入院で程度も不明であった。

やはり父は何物にも代えがたく、さっそく、東京駅から新幹線に乗り込んだ。安城駅で下車し、安城市の父が入院中の厚生病院に直行し、病室を聞いて部屋へ入ると、父は盲腸炎で手術を終え、病室に戻ってベッドに入ったところであった。

そこで一晩付き添い、父の病状も落ち着いて、「試験中にすまなかった」という父の勧めで、とりあえずいったん帰京することになった。

しかし、必須科目が受験できなかったことで、卒業延期は逃れられない。

「困った」と思いながら、後輩のボート部員の長尾君を思い出して、名古屋鉄道に乗ってふらりと岐阜へ行ってみた。岐阜駅で下車し、構内へ入ると、「岐阜県警察官募集」という張り紙が目に入った。

そこでさっそく駅前の交番を訪れ、応募用紙をいただいて提出した。

これが、私の運命の決定的な第一歩であった。

ところが、第一次試験の通知が送られてきて、それを見ると受験番号が一二一五番で

ある。採用予定は二十名と聞き、これはダメだと思い、ボート部顧問であった学生課長にお聞きすると、

「今となっては、ほとんど募集事案はないが、運輸省で法律改正のため、臨時職員の募集が一件ある」とご紹介いただいた。

運輸省に出省すると、隣の席の方に、

「君はどこの大学だね。ここでは、部長から主任まで、全部東大出身者だ。将来はあきらめたほうがいいよ」と言われ、考えるまでもなく一週間で退職願を出した。

寮へ帰ると、ありがたいことに、岐阜県警察からの二次試験日のお知らせが届いていた。二次試験はがくんと人数が減って、六十人になっていたが、幸運なことに合格をいただいた。

これは、新工場完成祝賀会に出席いただいた和田教官からのお手紙にて、後に知ったことである。出校日の通知が届くと、両親とご先祖様にもお供えして、ご報告させていただいた。

そして、恩給権の期限を機に警察を退職し、物理化学の知識を役立てられる職業を選ぶことにした。

父の勧めでゼロから会社を始め、工場建設をすることになり、大手建設会社の設計課長から営業部長になった、高校の同級生に設計をお願いした。

その際に、「高木君、水を使う仕事をするならこんな本を読んでおくといいぞ」と、彼が持ってきてくれたのは、現役の医師である丹羽靱負先生の『水――いのちと健康の科学』（ビジネス社）という本であった。

その本によると、ある石を通すと水が単分子水になり、がんなどの病気になりにくく、健康にもよいということであった。

このことが、そもそも私が鉱石に関心を持つきっかけとなった。

そして、この鉱石を通した水は、工場の使用水にも家庭の飲み水にもなり、さらに鉱石を用いた事業にも大きく貢献することになった。

先生がおっしゃっているのは、がんになってから治すよりこの水でがんにならないようにする予防医学であるが、それ以外にも多方面の利用法が考えられる。

なぜならば、水がよくなれば、家庭生活はもとより工業にも農業にも必ずよいはずだからだ。次の項から、水がもたらした影響についてご紹介する。


さて、会社を設立してから、子供の給食費も払えず、家族に苦労を耐え忍んでもらうことになった。そうして家族全員で苦労をしつつ、なんとか上手く回るようになった、大切な会社である。

その会社をお願いして引き継いでいただけたのはありがたいけれども、「お得意様の命令だから仕方がない」と、百万円で特許の利用権を導入したものを、一億円を支払って廃却し、別の会社から導入。さらに、家の物置に古い机を移され、「お前ら老人は、ここで十分ではないか」と言われる始末である。

かつてマッカーサー元帥が言った、「老人は消えるのみ」という言葉が思い出される。

私自身の健康について

私が作る物は、国、県、名古屋市の工業試験所でも受け付けていただけず、「自然エネルギーを考える会」を発足させ、毎年講師をお招きして講演会を開催し、皆様と一緒に研究することにしていた。

そんなとき、出席された鈴木さんという方から「ある大学の先生が開発された、石の粉を弱火で煮出した水を飲むとがんにならないし、なっている人もよくなる」と教えていただいた。

丹羽先生の〝水〟、鈴木さんに教わった〝石〟（私はこの自然石を『鈴木石』とよんでいる）などが、63歳で医者にがん発症を知らされたときの心強い支えとなった。

この水でキノコを煎じて飲んだおかげで、自覚症状から間違いなく末期だと思われたがんを克服して、90歳をこえた現在でもこうしてパソコンを打っていられる。

水を単分子化することの他にも、自然石にはたくさんのソマチットというナノメートル以下の微小生物（万能キラー細胞）が存在し、これが病原菌などと戦ってくれるという説もあるらしい。

この水と植物エキスを合わせて消臭剤として商品化した。また、ある植物のエキスではゴキブリを寄せ付けないものもできた。しかし、ゴキブリには羽があって外からも飛んでくるので、やめたほうがよいとアドバイスがあり中止した。

植物エキスについては、カナダ大使館のご紹介いただいたバンクーバーの大学のワトキンス教授のお世話で、注意することと言われた。

環境庁長官、森林局総裁のお力により、植物エキスをお世話していただき、自動車の無煙に成功するも、国務省公害課から「こんなものができては困るなあ」と言われてしまった。

しかし、バンクーバー空港から帰国しようと空港にいると、ロンドンヒースロー空港の長官から立ち寄り依頼の知らせが来た。そこで急遽、ロンドン行きのファーストクラスに乗ることになった。

鉱石複合メッキ

私の会社はメッキ業で、セラミックやテフロンを複合したメッキを品物に施している。最初は、鶏小屋の片隅でメッキ樽一樽にて始めた。チェーンブロックもなく、重量物を滑車にてメッキ樽に出し入れしていた。

あるとき、石の粉を自動車部品にメッキしたらどうかと思い、試作品を作って得意先に相談したところ、採用は難しいということであった。

ところが、車の販売店の課長と新車購入の打ち合わせをした際、「たまたま」メッキした部品をエンジンの上に置いたまま店の中で話をした。

そして、ほんの10分ばかり打ち合わせて帰るとき、忘れたことを思い出して、ボンネットのエンジンのところから取り出して持ち帰った。

それから2週間ほどたってその課長さんから「この間、メッキした部品を置き忘れて10分ほど置いたでしょう。あれから車の調子がすこぶる良くなり、車が軽くなったような気がします。燃費も2割くらい良いようです」と言われた。

しかし、自動車メーカーでの採用は難しいことがわかった。

ところがこれで、2センチのワッシャーをバッテリーにつけると、バッテリーが20年経っても傷まない。更に燃費が20~30%少なくてすむことが判明した。自動車修理の方に、何千個単位でお求めいただいた。

排気ガス対策に鉱石塗料カタリーズ

それではと、石の粉を塗料に混ぜて車のあちこちに塗ってみたところ、車も調子がよく、ディーゼル車の排気ガスも極端に少なくなった。

しかし、排気ガス対策には難しい制約があるし、塗装を見た業者に「事故を起こして塗装したのだろう」と間違われると、下取り価格にも影響するので中止した。

充電、発電に

これを『自然エネルギーを考える会』の会員にお渡しして試していただいたところ、ある会員の方から「あのカタリーズを劣化した乾電池に塗ったら、充電されて使えるようになった」と報告があった。

拙著『おかげさま』(明窓出版)でも書いたとおり、廃棄物として捨てられた乾電池の大部分は復活して、再利用できることを確認した。

さらに、充電式のバッテリーについても充電できるようになることがわかった。

しかし、内部ショートしたと思われるいくつかは、ボルトメータが上がっても使用できるまでには至らなかった。

このカタリーズは、注文があっても送るのに不便なことから、テープの形にして対応したいと考え、新たな展開を図りつつあるところである。

さらに、電池式腕時計のパワーダウンしたもの、つまり遅れ始めて止まる寸前のもの（秒針がぴくぴくして先へ進まない）なら、1日で再起動して1年以上（1．7か月）動いた。

そして、再度遅れ始めて止まる寸前になったので、同様に再起動した簡易充電器の上に2日置いたところ、また正常に動き始めている（現在4か月）。

ということで、これは電源の必要のない充電法であるが、素人の私では理論的なことはわからないので、専門の先生にお任せしたい。

そしてこの延長線上に必ず集電装置があるはずだが、1．5ボルト、0．Xアンペアまでで、それ以上先には進んでいない。

乾電池を復活させたものについて（知花先輩に敬意を表しつつ追記）

平成30年9月22日、工場の倉庫を整理していて、偶然、カタリーズ処理が施された、さび付いた乾電池を見つけた。

20年ほど前に、豊田市役所に廃品回収に出された乾電池を軽トラック一杯払い下げていただき、カタリーズで処理した。

それを、船井幸雄先生にお願いして、確か第2回だったかと思うが、『船井オープンワールド』で1万個くらいお持ち帰りいただいた。

他に、『第1回ナノテク展』などの展示会出展のたびに1千個くらいずつお持ち帰りいただいたのであるが、そのときの配り残りのものであった。

さびを落として計測したところ、すべて1．5ボルトに復活した状態のままで、さびのひどいものを除いて使用可能であった。

＊カタリーズテープ使用法…………小さく切って貼る。

効果の報告例）乾電池に貼ったら回復（これは、市役所から禁止命令が出たため、電池の外部に巻いてテスト中。10年は使用可能というところまで判明している）、コップに貼ったら水質が改善、インクの出の悪いボールペンに貼ったらスラスラ書けるようになる、自動車のエアフィルターの外側につけたら調子が良くなる、などなど。

パート3　農業

ベランダは野菜畑

先日、河合勝先生のご本、『科学はこれを知らない 人類から終わりを消すハナシ』（ヒカルランド）を読んで、知花敏彦先生の講演録があることを知り、とても興味を抱いた。知花先生の講演録というのは、『宇宙科学の大予言』（廣済堂）という本である。その中でも、特に参考になったところを引用させていただく。（引用 P250～254）

＊＊＊＊

安全な食糧資源を安価なコストでの大量供給

（前略）微生物は人間に微生物を殺す農薬の生産をやめてほしいといっているのです。微生物はエサを食べやすい状態で、なおかつ微生物の動きやすい環境を整えてやると、瞬時に倍、倍と増え続けてくれます。

まさに無限供給が可能なのです。微生物のエサは有機質のものなら何でも食べます。今、有機物の生産廃棄物の処分に自治体は困っています。生ゴミ、汚泥、草木、家畜の糞尿、デンプンカス、焼酎カス等々、膨大な量のものが余っています。

これは微生物にとってはエサなのです。これらの廃棄物を微生物に食べてもらい、微生物の固まりである完熟堆肥を造ればよいのです。

微生物の働き方を知れば、完熟堆肥の造り方は簡単です。一般には全国の堆肥工場はほとんどうまく稼働していません。莫大な補助金が浪費されています。それは堆肥の造り方をよく知らないからです。

これらの有機物廃棄物から完熟堆肥を生産し、畑に戻してやれば、土壌中の微生物が復活することになりますから、無農薬、無化学肥料の100%有機栽培が可能となります。

土壌中や廃棄物の汚泥中に、農薬やダイオキシンや重金属等の有機物質が含まれていても、完熟堆肥中の大量の微生物にこれらを食べさせれば、微生物が元素転換により、有機物を無害にしてくれます。

この完熟堆肥は微生物の固まりですから、蛋白とミネラルの固まりであり、家畜にとっては最高の完全栄養食品となります。

牛に従来の飼料と、それに完熟堆肥をミックスした飼料を同時に与えますと、100%の牛が完熟堆肥をミックスした飼料を先に食べます。

動物は酵食品が好きなのです。

それは、蛋白とミネラルの固まりであり、栄養価が高く、健康に良い安全食品であることを知っているからです。

バガス(砂糖キビの絞りカス)を酵させた飼料のみを与えた牛は、肉の重量も多くなり、肉質も良くなることが実証されています。

これから、地球上の人類に食糧危機が迫ろうとしています。

すでに、人口の3分の2は飢餓状態にあります。

今、家畜には大豆やトウモロコシを与えていますが、これは生の状態のものですから、家畜が消化できずにその3分の2は糞として体外へ排出してしまいます。

穀物は人間が直接食べるのが一番効率がよいのですが、畜肉にすると、豚で五倍、牛で七倍の穀物を消費してしまうのです。

完熟堆肥は微生物の固まりですから、完全栄養で１００％消化吸収されます。

家畜には廃棄されている有機物から造った完熟堆肥を与えることにより、安全な肉の生産が可能となり、高価な飼料を与えなくてもすみますから、経済的にも有利です。

今こそ私達は発想の転換が必要です。

究極の植物生産技術の実現

これまでの植物学界では、土壌中の微生物についてはいろいろと研究されてきましたが、地上の葉や幹の微生物については、あまり研究がされていません。

植物は土壌中の根からと、葉での光合成により栄養分を吸収しています。

葉には主として好気性菌が住み、これが光合成を行って、酸素やアミノ酸蛋白を生産しています。

私達は葉緑素が光合成をしていると考えていますが、葉に住む好気性菌が光合成をしているのです。

サツマイモの葉とツルを絞り、そのジュースにいる好気性菌にエサを与えて培養します。

そしてその培養液を五十~百倍に薄めて、サツマイモの葉に一~二回噴露してやりますと、サツマイモの生産性が五倍程度に増えます。

大きなサツマイモが取れて、従来の方式で六十五日収穫に要したものが四十五日程度で収穫できます。

完全栄養ですから、農業や化学肥料は必要としないでも育ちます。

葉に住むバクテリアを五倍に増やしてやると、光合成を五倍行いますから、それだけアミノ酸蛋白の生産が多くなることになります。

ホーレン草の葉を微生物を殺さないように絞り、ジュースにして取り出し、それを糖蜜等をエサに培養してやります。

好気性菌の発酵は臭いをほとんど出しませんし、常温なら四~五日で発酵します。

この液を五十〜百倍に薄めて、ホーレン草の葉に一〜二回スプレーするだけでよいのです。

ホーレン草は一メートルの高さに育ちます。

地上部の微生物を活用しますから、土壌中の微生物に依存する栽培とは違い、連作障害もあまり生じません。」

＊　＊　＊　＊

サツマイモの生産性については、サツマイモ農家の皆様からも、そのように増加しているとうかがっている。

だれでも簡単にできて、無農薬、無肥料で多収穫など、こんなうまい話あるはずがないと思ったが、ものは試し、さっそく実行してみることにした。

前年に育てたサツマイモのつるを刻んで、小さなびん（8リッター）に糖みつを入れて培養したものがあったので、サツマイモの培養液を作った。

そんなとき、庭先でプランターに植えていたキュウリに病気がでて、葉が白くなり枯れそうになっていた。

そこで、このサツマイモの培養液を100倍くらいに薄めて水分補給として与えてみた。

枯れかけた葉はそのままであったが、先端からは元気な芽が出て、つるが2本伸び、雌花がついてみるみる大きくなった。

花が咲いてから4日目には収穫できるほどになり、5日目には大きくなりすぎたくらいで、毎日2本ずつ収穫できた。これは以前にも書いたことである。

サツマイモの培養液はそんなにたくさんなかったので、大根の葉やほうれん草の葉など他の培養液でもやってみたが、同じく良好な結果であった。

また、雑草で作った培養液でもよいことが確認できた。

それと、あまりおすすめできない例であるが、東北の放射能汚染された雑草（12～13マイクロシーベルト）を糖みつで培養したら、1週間後に数値が0．10以下になったものがあったのでこれも与えてみたが、同じような結果であった。

私の生まれは、祖父の代までは農家で、祖母がたばこやお菓子などを細々と扱っていた店があった。

その後、父が始めた呉服屋が火事に遭い、紆余曲折を経てまた農業をやるようになり、私の中学高校時代には、1町5反（4500坪くらい）ばかりの農家であった。

お世辞にも上手な農家とはいえなかったが、戦時中でもあり、肥料もなく、町から糞尿を取り寄せて、草や稲わらと合わせて堆肥を作り、田んぼも野菜作りもその堆肥のみを使用していた。

そうしたことから、農作物の栽培法には非常に関心があった。

警察官退職後に工場を始めたが、60歳を機に息子に工場を任せるようになった。

実家の農業は弟が引き継いでいたので、農協から田んぼを借りて、だれもやらないような実験農業を始めることにした。

無農薬、無肥料で、天変地異などのいざというときのための、種を必要としない栽培法を試みた。

稲、トマト、ナスなどは、秋に枝を残しておいて、春にその芽を植えて増やし、栽培してみた（稲は節から芽が出て成長穂が出るが、実りが早すぎて雀に食べられ、収穫できなかった。雀のエサにならなければ、節から穂が出て、複数回収穫できる可能性はあるが、多くの実りは期待できないのでおすすめはしない。ナスやトマトも、年々実が小さくなるようで、これもおすすめはできない）。


無農薬、無肥料のために、微生物農法もいろいろ試した。

比嘉輝夫先生のＥＭ研究会にも参加させていただき、実施してみた。


そして、70歳になって体力的に限界を感じ、農協に農地を返して、だれでもできる野菜のプランター栽培や、ドラム缶稲作を楽しんでいるところである。

言うなれば、ベランダ農業というところである。

しかし、農地を借りて稲作をしたときに、石の波動と微生物を組み合わせて実験したものと比較して、この知花農法は確かに素晴らしい。だれでもどこでも実践できて、さらに促成栽培かつ多収穫である（ちなみに、農協から借りた田んぼに鉱石粉を1アール当たり10キロ入れたところ、20年たった今でも、隣の田と比較して電圧が0．1ボルト高い）。

必要な材料は、鉱石粉と、野菜くずか雑草でよく、それと黒砂糖があれば十分である。作物の元気がよく、病気も出ないし害虫も寄り付かない。

スイカ、キュウリ、サツマイモ、トウモロコシ、ピーナッツ、ナス、ピーマン、トマトなどいろいろ試してみたが、出来栄えはとにかく素晴らしく、味もよい。

さらに、マンゴー、レモン、チャボチカバ（主に南米で採れる果物）、パパイヤなどの熱帯植物も見違えるような出来栄えで、マンゴなどは手のひらに載りきれないような大きさの実になった。

マンゴーやパイナップルの味も香りも格別で、まさに申し分ない。

知花先生が、ブラジルなど南米で指導されていたとき、何度も機会があったのにも関わらず、結局、お目にかかれなかったのが残念であった。

パート4　発電・充電

あなたの家は発電所

最近、どこへ行っても、あちこちの家の屋根に太陽光パネルが設置してあるのを見かける。

これは大いに結構である。

しかし私が提案したいのは、いざというとき、有り合わせのもので簡単にだれでもできる簡易発電である。

そう、太陽光も、もとは波長であり電磁波である。

橘高啓先生によると、太陽光と同じ波長の電磁波を使えば、いつでもどこでも電気が得られるとのことだ。

さらにその波長を使えば充電のいらないバッテリーができるだろうし、さらにバッテリーそのものが必要なくなるかもしれない。（平成30年8月4日講演会で展示）。

そう遠くない時代に、急速充電ができるようになって電気自動車が主流になり、最終的には重量のあるバッテリーを積む必要もなくなるだろう。

例えば、実藤遠先生著の『ニコラ・テスラの地震兵器と超能力エネルギー』には次のように書いてある。

＊＊＊＊

（第1章　地震兵器は存在可能である）

6　科学の新展開は中性エネルギーの解明から

阿久津淳『マージナル・サイエンティスト』をみると、高卒ではあるが天才肌の研究家ガリモアは一九七〇年代の一連の著作で、〝亜エネルギー統一場理論〟を次のようにいっている。

①生命や宇宙の問題を説明するには、既存の物理学では無理である。

②ライヒ、ライヘンバッハやピラミッド、ラジオニクス、錬金術、占星術から、亜エネルギー（物質レベルを超えたエネルギー）の属性の共通分母を見つける必要がある。

③この奇妙なエネルギー現象は、定常波であり、電気的に中性のものである。

④この中性エネルギーは、すべての既知の放射を遮断しても、それはその遮蔽物を通過することを実験で確認した。約九〇〇グラムの水晶を、全く電気の流れていない蓄電池に直角に接触させるだけで、蓄電池にエネルギーを発生させ、貯えさせる実験にも成功している。

⑤このエネルギーは、気、プラーナ、オルゴン等、別名は一〇八もある。

⑥中性エネルギーは、固体に出会うと、その媒質に入るか通り抜けられる（物体の中を透過できる）。物質にエネルギー流が通ると弱い磁場が生じ、その磁場により物質表面に静電気が生じる。

⑦ある状態下で、これらのエネルギーを利用する通信が可能である。その通信に利用されるエネルギーは電磁的でなく、通常の電磁受信機に探知されない（それは重力波である）。

⑧適当なエネルギー制御で、オペレーターの望む人物を治療、あるいは危害を加えることができる。

⑨情報は人から反射した光（実は原子から放射される光速の重力波）に乗って運ばれる。

⑩装置と共鳴する人物の場所はつきとめられ、治療でも危害でも、装置で調整される波動圏ならば、共鳴する人物に直接送られる。

⑪自由（フリー）エネルギーを地球や大気から引き込み、モーターを回すことができる。

⑫超心理学的情報は、重力を通して地球のどこへでも送ることができる。

⑬その信号は循環する（四次元の）場に貯えられ、過去の情報にも接近することができる。

⑭同じ思考の人々は、距離に関係なく互いに影響しあう。

⑮すべての物質は、重力として知られている放射線を放出する（これが私がいう原子から放射される四次元の縦波の重力波に他ならない）。

ガリモアは三つの基本的エネルギーとして、①磁気、②静電気、③中性電荷エネルギーをあげている。これをZベクトルと呼び、その属性は抵抗、張力、偏極、ポテンシャル力、媒質（音なら空気がそれ）内の応力、媒質内の電流、静水圧として現れ作用するという。

ガリモアによれば、電磁方程式を作って電磁気学を確立したマックスウェル（一八三一～一八七九）は、二種の電気エネルギーの存在を提案したという。一つは通常の電気を帯びた物体の電荷として現われるもの、もう一つは「全宇宙を満たし、電気作用が生ずる際に変位するもの」と考えた。現代物理学は後者を棄てたために、さらなる展開がみられなかったのであるという。このことについては、ヴァルダマール・ヴァレリアン『マトリックス』』では次のようにいっている。

「マックスウェルのオリジナルの方程式は二つの部分からなり、測定可能な成分と相対成分の両方を表現していた。相対・エーテル成分は、高次空間的で、〝虚数的〟〝複素共役〟とも呼ばれる。この成分を使う信号は精神に作用し、脳と意識と相互作用をする。

マックスウェルのオリジナルな方程式は、重力推進と精神作用についての必要な知識を与えるものであった。しかしヘビサイド、ギブス、ヘルツが有名な四つの方程式にまとめる際に、方程式の中の四次元的なスカラー成分は無視された。これは（三次元的な）場ではなく、（四次元的な）ポテンシャル（圧力）を表現しており、このポテンシャルを認めると、物質が無から生まれることを認めることになってしまう。ポテンシャルとはエネルギーの貯蔵庫にほかならない。

さらにオリジナルな方程式では、相互依存的であった電磁気と重力は相互排他的なものとされ、電磁気学は最初の五次元（縦、横、高さ、時間とポテンシャル）から、ポテンシャルを除いた四次元に縮小され、重力（G）は排除されてしまった」。

私はこの時空五次元目の要素であるポテンシャルを復活し、四次元空間では電磁力と重力とは同じ数値であるというベアデンの〝スカラー電気重力学（スカラー波理論）〟に光を当てることによって、物質だけでなく、生命、精神までも包括する新理論を樹立したいと考えている。

7　石油・原子力なしでエネルギー入手は可能か？

皆さんはこれから述べる次のことが可能であると考えているだろうか？

①石油、ガス、原子燃料等を必要としないで、電気やエネルギーが入手できる。

②電話局や衛星を経由しないで、電話通信ができる。宇宙にいようが、水中、地中にいようが関係なく通信ができて、しかも盗聴される心配もない。

③クリスタル状のミニ電源を作ると、無限に使用でき、しかも電源に繋ぐことなく、テレビ、冷蔵庫をはじめすべての電気製品を動かすことができる。

④プログラムに従って装置からの照射を受けた金属片の重量を減らすことができる。即ち反重力が可能となる。これにより新しい飛行物体、すなわちＵＦＯの創造が可能となる。

⑤この装置からの放射によって、放射性物質の放射能からゴミに至るまで、空間にそのエネルギーが消失してしまう。この現象の応用として、物質の消失や転送現象も可能である。ロシアではこれを地震兵器に利用したといわれる。

⑥医療分野でもガンや難病の治療にも役立てることができる。

なおすべての宇宙に関する情報は、どんな物質でもその最少のミクロ粒子（10^{-33}センチ、プランク長という）に閉じこめられている。それはお互いに連鎖しており、人間の思考もそれらと密接に係わりあっている、といっている。

これは旧ソ連で、宇宙空間に存在する無限のエネルギーを電気エネルギーや機械エネルギーに変換することのできる装置を使って行なうことのできる機能であるといわれている。現在のロシアではその研究所が閉鎖され、研究者が職を失っているので、そのノウハウを日本にも売ろうとしているという。この技術を日本の商社や政府関係の外郭団体を通して一九九四年秋に実際に日本に売り込みにきている。なおオーストリア政府は、この技術により、電線の不要な発電装置を建設しようとしているという。この技術は旧ソ連のスカラー電磁兵器存在の傍証となるものである。

最近、今から半世紀以上も前にナチスドイツでＵＦＯが建造されていたといううわさがある。そのための科学理論は〝ブリル・パワー〟という現在の科学では未知のパワーだという。そのパワーとは次のようなものである。

①どのような物質をも透過（つき抜ける）してしまう。

②この流体は、生物、無生物を問わず、どんな物質の中にでも入り込める。強い光になって物を破壊できる一方、その力を弱めて使えば、生命に活力や生気を吹き込んで病気を癒やしたり、健康を保つことに使える。

③ブリルはどんな固いものでも貫いてしまうので、地底の岩石中に地下道を掘るのにも利用できる。使い方で地震も発生できる。

④ブリル・ロッドは、それは中空で、手にするところには、留め具や押しボタン、バネが幾つかついている。これを操作すると、力の質と大きさ、方向が自由に変えられる。破壊もできれば、治療も行なえる。岩を砕くかと思えば、蒸気を発散させることもできる。肉体だけでなく、心にも影響が与えられる。

⑤ブリル・パワーの力はすべて等しいわけではなく、ロッドの持ち主のその力を使う目的による。ある者は破壊能力の方が強く、ある者は治療能力の方が高い。ある女性がブリル・ロッドを働かせると、彼女はずっと離れたところに立っていながら、大きくて重い物を自由自在に動かすことができる。それはまるで、物体が知性をもち、彼女の命令を理解し、彼女に従っているかのようである。

⑥ブリルの効果が十分に理解され、自由に制御されるようになると、ブリルの力をもつもの同士の間では戦争は起こらなくなった。子どもが手にしたロッド（中空棒）から発せられるパワーでも、頑強な要塞を簡単に木っ端微塵にしてしまう。この力を自由に

使いこなしたならば、お互いの全滅以外にはあり得ないからである。これは一八七一年に出版されたブルワー・リットン『来たるべき民族』に書かれている。

この力を利用した超航空機（一種のＵＦＯ）は次のことができるという。これはチベットのラマ教寺院から発見された古いサンスクリット文字で書かれた文書をナチスが発見したといわれている。

①太陽光線の闇の部分を機体に引き寄せ、敵の視界から航空機を隠すことができる。

②ロイネー光線を投射することにより、航空機の前方にある物体を目に見えるようにすることができる。

③機の集音装置を使えば、飛行中の敵機内の会話と音を聞くことができる。また敵機内にこちらから音を送ることができる。

④敵機の内部を画像に映し出すことができる。

⑤敵機の搭乗員の意識を失わせることができる。

これらの現象は、現在の科学の枠内の概念だけでは、説明がつかないであろう。本書ではこれから、〝四次元の縦波の重力波〟〝スカラー波〟という概念を使って、順次これらの現象や気、超常現象に関係のあるサイエネルギーから生命、精神までを解いてみよう。

現在の科学の成果は一切否定しないですべて認めた上で、見直すべきものは再検討し、新たな視点からそれを拡張し、現在の科学では説明もつかない現象を探究したいと思う。今は説明不可能でも、未知の現象が存在する限りは、説明可能となるように、順次仮定・仮説を設けることによって、新しいパラダイムを志向したいと考えている。

（第2章　完全な科学はスカラー波の発見から始まる）

6　石油・原子力なしのエネルギー入手の理論

これまでのまとめとして、現在の科学では未知の現象が可能であるという原理を説明しよう。まずこのエネルギー発生装置についてのロシア側の見解からみよう。

①このシステムは、物理的真空の情報・エネルギー構造を制御し、共振の構造を作った。

②理論的にはボームとプリブラムのホログラフィー理論を基にしている。宇宙では相互に影響しあう構造をもった物質も意識（魂）もホログラムのようなものであり、宇宙には個々の魂（脳とひとりひとりの主体としての人間）の干渉波の場が存在する。

③通常の量子力学の法則が働く大きさは、10^{-23}センチまでといわれているが、この場はプランクの寸法（プランク長）の10^{-33}センチ、一立法センチ当り10グラムの密度の超微小な場（渦巻）に宇宙についてのすべての情報が含まれている。

④宇宙の（超）星座は正六面体に沿って分布し、黄金比率（後述）に基づいて、これは星座から原子、素粒子に至るまで同じ（大きいものも小さいものも形が同じというフラクタル構造）構造である。この装置もその構造に従って構成されている。

⑤この装置は周囲を六（面体）×二（二個をペアにする）計十二のブロックにして囲い、中心にクリスタルを置き、四方からのレーザー照射によって真空を揺り動かし励起して、コヒーレント（位相、方向性の揃った）な縦波の重力波を出すものである。

⑥このようにして放射の位相の一致と共振の場を組織して電磁波の流れを形成させるという。レーザー光で励起すれば、光の周波数で電子が動き、往復電流が流れるので、

光の二倍周波数の重力波が発生するであろう。

なおレーザーの動作している本体の一端から紫のビームが出ていき、一方の他の端からは緑のビームが出ていったという。これはフィラデルフィア実験の際にテレポートした軍艦を蔽ったもやの色とそっくりであり、また、UFOの色の変化とも酷似している。

⑦このように幾何学の形に従って作った装置を取り巻いている空間の擾乱（ゆらぎ、変化を与える）効果は、装置の置かれている場所の中の重力ポテンシャルの変化である。その放射を遮蔽することは全く不可能である。

⑧このような超強力なエネルギーや情報の相互干渉により、情報、エネルギー、質量の変化が起こるのである。このような人工的に位相を揃えた格子状のシステムによる受信・送信の通信システムを作ることは可能である。それは地球のラジオ通信帯の限界の彼方に機能し、距離の制限なしに、暗号安定度と妨害防止がなされ、その通信路は追加された次元である異次元の空間（五次元時空）を通っていく。

⑨そのための通路は、電気物理的、および物理化学的特性に制御した、シリコンその他の物質の単結晶の中に、働きかけることによって可能なのである。

⑩これらのシステムは、外からの一切のエネルギーの供給も必要ではない。なぜならば、彼等は常に基準発電機に接続されているからである。

これらの現象は、スカラー波理論なしには説明不可能であり、その応用そのものである。事の真偽についていう人がいるかもしれないが、すべては実現可能である。そこで冒頭の現象の答は自ら出てくるであろう。

①石油、原子燃料等不要のエネルギーの入手は、人工的な幾何学のシステムを作り、真空に一方向へのゆらぎを与え、真空からエネルギーを涌出させればよい。

②電話局や衛星を経ない電話通信は水中、地中にいようが可能というのは、重力波による通信であろう。電波は水中、地中では物質による吸収または反射のため通ずることができない。テレビ電波の場合は、各チャンネルの弱い電波では遠くへ到達することができないので、東京タワーのような所から高周波の搬送波（一定）を送り、それに各チャンネルの情報を変調波として送ることによって行なっている。この場合は電源からの重力波を搬送波とし、それに変調波としての個々の情報をのせて行なっているのであろう。

③クリスタル状のミニ電源を各電気製品や各家のコンセントに差し込めば、すべての

電気製品を動かすことが可能であろう。

④反重力の作用は、そもそもスカラー波、縦波の重力波の作用そのものである。この場合、通常はランダム（不規則）なので打ち消しあって力にならないが、位相を揃えてコヒーレントなものにしたら可能である。なお気とか超能力のメカニズムも基本的にはそれである。

⑤放射能からゴミ処理まで可能だということは、真空からの涌出は「ポテンシャル大から小への傾斜（高低）」によって可能である。この傾斜の向きを反対にしたら、このことは可能であろう。

⑥医療分野への応用は、実は物理レベルのスカラー波の延長線上に、生命レベルの気やサイエネルギー、さらには精神のレベルが繋がっているのである。電磁エネルギーと異なる共通の性質は、すべてのものを透過する。遮蔽がきかない。電気的に中性である。遠隔操作が可能である（共振により）。意識のコントロールが可能（というよりは必要）である等である。これについては後述しよう。

ブリルパワーも重力波と、重力波のホログラム作成ができれば、すべて可能な現象である。重力波はすべてのものを透過するので、敵機内の物体、音をホログラム処理をし、コンピューターにかければ、画像処理も可能であろう。すべては振動しており、周波数をもっているので、周波数がある限り、すべては可能なのである。

ベアデンは旧ソ連にはスカラー電磁兵器があり、二つのスカラー波の干渉により爆発現象が起こることを警告していた。これに関して西側の科学者は「誇大妄想である」という人が多かった。しかし旧ソ連のフルシチョフ、ブレジネフ、さらには最近話題になっているジリノフスキーまでもが、口を揃えて「ロシアは核兵器以上の破壊力をもち、西欧を一瞬に壊滅できるような秘密兵器を所持している」ことを、時間的に三十数年もい続けている。

この秘密兵器の原理とこのエネルギー発生装置、およびスカラー波理論は、原理的に完全に同一のものである。このエネルギー発生装置は一九八一年ころより研究が始まったといっている。しかし兵器としてはフルシチョフ時代の一九六〇年五月のアメリカの高高度飛行のU二偵察機をソ連上空で撃墜した頃より、兵器の方は初歩的なものができていたとベアデンはいっている。

この技術は両刃の剣である。兵器として使用すれば、人類は破滅の危機を迎えることになる。反対に人類の福祉と平和のために使えば、人類は真空からのエネルギーの涌出とそれへの消滅（このようなリサイクルのない文明は破滅しかない）により、輝かしい人類史の新しい地平が始まるのである。

ベアデンはスカラー波検出器がアメリカでは実験的に作られ、改良されているという。その構造は、一本の極めて強力な棒磁石を縦に、接地され電磁波が遮蔽されたファラデイ・ゲイジの中に取り付ける。そこで一端解放のコイルを縦に、磁石の縦軸の線がコイルの縦軸を通るように、磁石の上に取り付ける。コイルの解放端は磁石には接触しないようにする。

コイルの他の端を可変同調キャパシターに接続する。そうすればコイルとキャパシターは同調可能な直列ＬＣ共振回路を構成する。そして最終的にはオシロスコープで波形を見ることができる。

電磁波は完全にシャットアウトしているので、検出されるのは、それは縦波の重力波である。磁石の極の上は局部的に曲げられた空間なので、検出されるのは、縦波の回転しながら退いたり進んだりする、振動している直行成分である。

『ニコラ・テスラの地震兵器と超能力エネルギー』実藤遠著　たま出版（引用P42～49、P85～91）

＊　＊　＊　＊

このように、すでに各国はその方向に動いているのだ。

もちろんそんな大きな装置でなくてもよく、自分の家で必要な電気は、自家用簡易発電機で間に合う。

例えば、電池式腕時計は、自動充電になることで電池交換の必要がなくなる。

そんな時代がそこまで来ている（すでに実験済み）。

また、知花敏彦先生は次の引用のように、対談の中で「フリーエネルギー発電機も空中から水を取る装置もすでにできている。もう水道もいらない」とおっしゃっている。

この装置については、すでに私の家にも入っている。

＊＊＊＊

『科学はこれを知らない　人類から終わりを消すハナシ』河合勝著　ヒカルランド（引用P219～223）

（第3部　ピラミッドパワーとフリーエネルギーについて）

（韓国科学技術研究院フリーエネルギーメンバーと知花敏彦氏のミーティング記録）

（＊注　知は知花敏彦先生　研は韓国側）

知　新しいエネルギーが出ることは、ひとつの国の問題に留まるのではなく、地球全体の問題である。

みんなが話し合う場がないと、今フリーエネルギーを世に出せない。

日本には国の秘密研究組織があり、私もその一員。

空気中から水を取る技術があるが、今は世に出せない。

液体の源は空気中の水蒸気。

空気を冷やすと水になる。温度差で水は無尽蔵に空気から取り出せる。

皆さんがやりたかったら、やって見せればいい。

日本の国の秘密をバラすことになるが、技術は私の技術。

クーラーと同じ原理。空気を冷やすと水になる。

但し、空気中の湿度は16%以上必要。

氷を造る機械は温度を下げているだけ。

エアーポンプで空気を送って、水を造っている。

日本にこの装置があるなら、韓国にあって当たり前。

なぜ世の中に出せないのか……。ダムの水や、電気的に造る水よりも安いから、ダムが無駄になることが国としては怖い。

研　どうして空気中から水を造ったほうが有利か、その利点はどこにあるのか。

知　雨が降らなくても水を得ることができるし、水道配管は不要、家庭で水ができる。

フリーエネルギーで空気から水を造ればコスト安となる。

21世紀には、エネルギーと水はただになる。

ただにならないと人類の未来はない。

実用化しないと意味がない。

研　私達も使命を持ってがんばりたい。
先生の所では、どの段階まで進んでいるのか。
今後も我々を助けてくれるのか、今後のリレーションをどうしてゆけばいいのか
……。

知　最初は模型でいい。

私の技術を日本国内で出すも、韓国で出すも私から見れば同じこと。

日本は頭が固い。日本にはどこからか逆輸入したほうがいい。

皆さんが実用化をしてPATを取るといい。

7〜8年前技術庁の金長官は、清里に来て私のフリーエネルギーの技術、水と空気から廻るモーターを見ている。

（＊当時の韓国政府の技術庁長官）

研　そのフリーエネルギーの力は電気エネルギーが出るのか？

知　そうだ。フリーエネルギーを取り出している。回転したら別のエネルギーに変換する。電気エネルギーに2年半連続運転した。

研　なぜ世間にそのエネルギー技術を出さなかったのか。

知　フリーメーソンからの圧力が当時あった。殺すとのメッセージがあった。

研　知花先生のそのフリーエネルギー装置を、日本へ行けば見ることができるか？

知　見ることはできない。日本の秘密研究グループに渡してある。しかし、権利は私が持っている。その技術は、いずれ皆さんに間違いなく渡せる。お金はかからない。私個人が持っていると危険なので、国に渡した。皆さんは国の機関だから大丈夫だ。私と一緒に研究した3人は行方不明になっている。

用心しないといけない。世間におおげさにはしないほうがいい。

＊＊＊＊

次に引用する知花先生のご著書も、参考にされたい。

＊＊＊＊

『宇宙科学の大予言』知花敏彦著　廣済堂（引用P255～257、P259～260）

（終章　知花敏彦氏の使命）

空気中からのフリーエネルギーの実用化

人類はエネルギー源をこれまで石炭、石油、ガスそして原子力に依存してきました。固体エネルギーから液体エネルギーへ、そしてガスエネルギーへのエネルギー革命を起こしてきました。

そして原子力発電にも依存していますが、この核燃料の廃棄物はその捨て場がありませんから、人類は大きな危険を抱えてしまいました。宇宙空間には無限のエネルギーがあり、これはコストがかかりませんし、まったくの無公害です。

もう人類はそろそろ有害で高いコストのエネルギーから、安く無公害なフリーエネルギーへ転換する時代が近くなっています。

石油も石炭もガス（液化石油ガス）も原子力のウラン鉱石もすべて物質です。

フリーエネルギーは大気中から取り出す、目に見えないエネルギーです。

それは宇宙エネルギーそのものなのです。人間の科学は物理学、化学ですから、物質を対象としています。

宇宙エネルギーは不可視の空間から取り出さねばなりませんから、宇宙の法則を知らないと、これを取り出すことも、活用することもできません。物理学、化学の知識では空間からエネルギーを取り出すことは不可能です。

それに今の学界はインプットの量よりもアウトプットの量が大きくなる現象を認めていません。

投入よりは産出の方が大きいから、フリーエネルギーはコストが安いのです。

宇宙空間には無限のエネルギーが満ちています。その宇宙エネルギーはゼロ磁場の場から光エネルギーとして発生しています。

従来の磁気理論では説明できない現象を実現させ、フリーエネルギーの実用化段階にまできています。

そのコストも数十万円程度の非常にシンプルな装置で、家庭数世帯分に必要な発電が可能となります。

原料代はもちろんタダです。

磁石のN極とS極の真ん中はゼロ磁場となります。

その±0の点からエネルギーが発生します。これが創造の場なのです。

これを循環の法則といいます。

N極とS極のバランスが取れると、その中心の磁気は0となりますが、このゼロ磁場からエネルギーが発生するのです。

そのエネルギーは光エネルギーです。

そしてゼロ磁場のエネルギーと磁極の反発のエネルギーを利用して、フリーエネルギー発生装置ができるのです。現時点での技術では１００Ｌの鉄を空気中に浮かすことができます。

（中略）

空気から水を取り出す装置

私達は干魃になると水を求めます。水が自由に使えれば、地球の耕地面積をもっと増やすことができます。

各国とも水不足は大きな問題となっています。

私達は水そのもの、物質である水しか念頭に持っていませんが、雨はどこからくるのでしょうか。大洪水は空気中の水蒸気が雨になったものです。水は空気中にもあり、むしろ空気中の水蒸気の方が量的に多いのです。水の原点は空気にあります。水を水から造るように、空気から水を簡単に造ることができるのです。

空気を冷やすと水になるのです。クーラーから水が出るのと同じ原理です。

水をマイナス百九十度Cでも凍らない状態で冷やします。空気の温度が二十度Cあるとすると、温度差が二百十度Cありますから、水になります。

極地の樹木の内の水は凍りません。

この原理を応用して凍らない水を造ればよいのです。

それをマイナス百九十度Cに冷却しますが、温度差が二百十度Cありますから、この温度差を利用して発電チップを作動させますと電気エネルギーを取り出すことができます。

これによってどこでも水の生産が低コストで可能となります。

この装置は実用化段階にありますが、もしこの方式が日本で実用化されると、水道水は不要になります。

＊　＊　＊　＊

これらの御著書にあるように、すでにフリーエネルギーシステムはできているらしい。けれども、いろいろな理由で世に出ていない。

また、汚水を飲み水にする方法が、丹羽靭負先生の『水──いのちと健康の科学』という御著書にあるが、これも「波動」の世界である。

自家用の小型発電機や充電器は簡単なものでよい（簡易取水機は、小型のものなら乾電池1本で動かせる）。

実藤先生のおっしゃるクリスタル状の（鉱石）波動ですべて解決でき、1箱400円のたばこ10箱分の費用があればおつりがくるほどの装置で十分である。

また、「鉱石の波動を利用すれば反重力も可能」とあることから、空飛ぶ自動車、空飛ぶ円盤も夢ではない。これは正に、関先生のお話の中にもあった。

ただし、心を清くしなければ不可能である。

これは私自身、身にしみて感じたことなのだ。

ある装置を試作して上手くいっていたのだが、「これは商売になる」と頭に浮かんだとたん、今まで点灯していた電球がぽっと消えてしまった。

また、消耗して廃棄された乾電池を鉱石塗料カタリーズで使用可能に復活させ、それを２００人ほどの聴衆の前で点灯したことがある。

皆の視線が集中したとき、電球が切れるのではないかと思うくらい、まぶしいほどの白色光を放った。

そのことから、人の気持ちというか、無心は電気そのものではないかと思った次第である。

例えば、関英雄博士やリンゴ農家の木村秋則さんが、「ＵＦＯはケイ素で飛んでいる」とおっしゃったことを思い出し、ＵＦＯは清い心の宇宙人にしか操縦できないのかなとも思った。これは保江先生にもお話しした。

思い出したついでに書くが、関英男先生によると、ＵＦＯは月でも火星でも20分で行けるそうだ。

神坂新太郎先生は、東京からワシントンまで2分で到着したとおっしゃっていたが、

宇宙人の操縦では可能でも、我々普通人では、よほど無心にならない限り不可能ではないだろうか。

そう、あなたの清い心こそが、発電所なのかもしれない。

パート5　電波から念波の時代

電波から念波の時代

文字を打つのに、パソコンのキーボードを叩くのではなく、マイクに話すと活字にしてくれるというソフトを購入した。実際に使ってみると、やはり話し言葉のままでは、ひとさまに読んでいただけるようなものにはならない。

しかし、世の中はもっと進んできており、電波の時代を超えて今は念波の時代とか。これまでの本でも書いてきたが、ある鉱石に水をそそぐと電灯が灯るというものを見ていただくために、電気をご専門とされる関英男博士をお訪ねしたとき、先生は「UFOはこれで飛んでいるんだよ」と言って水晶を示しながら鉱石のパワーについて説明してくださった。

その折に、UFO搭乗記といった先生が監修された本や10冊ほどのご著書をくださったが、なかに『念波』という本があった。

この本についての先生からの説明は特になかったが、最近になってこの念波が妙に身近に感じられる気がしてならない。

一度もお目にかかったことのない方と電話で話しているとき、その方が、

「あなた今、体調はいかがですか」とおっしゃる。

私が「どうしてですか」と尋ねると、

「歩くのがつらい感じがみえますので、腎臓をだいじにしてください」と言われた。

おっしゃる通り、歩くのがつらかった。

また、ある大学教授と電話で婿の話をしたとき、

「その方、背が高く眼鏡をかけていらっしゃいますね」とズバリ当てられた。

21世紀は、念波の時代とか。人間も進化して相手の心も読み取れ、思っただけで文章が書ける装置が一般的になる時代になるのであろうか。

また30年ほど前、ある会員の紹介で、深野一幸博士の来訪をいただきお話したご縁で、株式会社トータルヘルスデザインの近藤社長をご紹介いただいた。

京都で200人くらいが集まった講演会で、持参の電池で電球を点灯するというデモンストレーションを行った。劣化した乾電池が、私が開発した鉱物入り塗料の「カタリーズ」を塗ることで再生して、なんとか電球が光るようになったという装置だった。私が

電池についてご説明し、みなさんが注目されたとたん、なんとすべての電球が、まばゆいばかりの光で輝きだしたのだ。

「わぁ」と大きな歓声が上がった。

私でさえ、電球が切れてしまうのではないかと心配したほどの輝きである。

盛大な拍手をいただき、使い古しの、一部錆まで浮いた電池に塗料を塗ってあるものをお見せしたとき、みなさんは2度びっくりされていた。そのことを思い出し、先日、保江邦夫博士が紹介されていた、麻布の茶坊主として有名な早川先生にお話したところ、

「人間の想念は電気であり、ケイ素は想念の電気を受けてそれを蓄える電池ですよ」

と教えていただけた。何十年ぶりに、謎が解けたのだ。カタリーズにもケイ素が含まれている。２００人もの参加者の意識を集めた乾電池は、一瞬にしてパワーがマックスになったということだ。

それで分かった。

関先生がＵＦＯは水晶で飛んでいるとおっしゃったことも。

リンゴ農家の木村秋則さんがＵＦＯがケイ素で飛んでいるとおっしゃったことも。

また、私の親が「石には気をつけよ」と言ったことも。

純粋な思いの宇宙人の心が集まり、宇宙船も動かす力となるのであろう。

雑念があったり金のことを考えて石を扱ったとき、そのメッキは必ずと言ってよいほど失敗して、かえって大損をしたことも今となっては納得である。

石を取り扱うときは、心して純粋でひたむきな心でなければと思う。

石を受け取って扱われる方も、疑いの心を持った人には絶対に渡してはならない。そうした前例をいくつも思い出した次第である。これは現在、身にしみて感じている。がんのシートも、そんな人にはダメである。

また、カタリーズについて、広島の方からお電話でこんなことを言われたことがある。

「カタリーズを電動車椅子のバッテリーに塗ったら、今まで登ることができなかった急な坂道が登れるようになった。できたら見に来てほしい」

さっそく訪ねると、なるほど、そこは町はずれで山に近く、車椅子であれば勾配の急な坂道を避けて遠回りをしなければならないような場所であった。

その方はこうもおっしゃっておられた。

「おかげで山にも登れるようになったので、ある満月の真夜中にあの山（自宅から見える山を指さして）の頂上に差しかかったら急に体が軽く感じられました。車椅子を止めて降りてみたところ、なんと自分の足で立てるではありませんか。さらに2、3歩歩いてみたところ、なんと、体が浮いて一歩が5メートルから10メートル、飛ぶように歩けるではありませんか。こんな驚きの経験をさせてもらいましたよ」

さらにその方は、家では石の板を数枚積み重ねたものを周りに4か所置き、1ミリほどの太さの銅線をつないで家の周りにぐるっと結界を作ったとおっしゃる。

「これで家の中ではなんとなく体が軽くなった気がします」と。

その時は半信半疑で、不思議な思いで帰宅した。

最近になって、保江邦夫先生をお招きしてお話を伺い、先生のエジプト、ギザのピラミッドでの経験をご著書から知った。さらに河合勝先生のご著書で知花敏彦先生のピラミッドでのご経験について読み、これらのことすべてが理解できるようになった。

さらに保江先生のご著書から早川先生を知り、ケイ素について教えていただき、今までおおぜいの方に伺ったことが一本の線としてつながり、世の中になにがしかのお役に立てる物ができるのではないかと気がついた次第である。
そして、みんなで意識を高めれば、次の世代が楽に暮らせるようになるに違いない。
＊カタリーズはもともと塗料の中に石の粉を入れたものですが、そのまま瓶に入れておくと固まったりなど使いづらくなるので、貼り付けられるテープにしています。

電気自動車の時代

地球温暖化と大気汚染を憂えて、ヨーロッパも中国も、脱化石燃料で排気ガスの出ない車にシフトすると発表している。

電気自動車では、問題になるのがバッテリーの性能とその充電についてだ。例えば、大陸横断何千キロを走破するのに5、6時間で充電が必要になり、もちろん充電設備も必要であり、そのたびに何時間も要する、そんなことで普及するのであろうか。せめて、2、3千キロは無充電で走れるバッテリーが必要だろう。

そこで考えられることは、充電設備を必要とせず、

1、走行しながら充電できる

2、瞬間充電

3、液体補充バッテリー

4、充電不要のバッテリー

などだ。

容易に車に搭載できる軽量で簡単な装置が望ましい。また、安価で入手しやすい素材で、素人でも作成できれば喜ばれるだろう。

今回はまず、「1、走行しながら充電できる」について考えてみた。

走行しながら充電ができるようにするには、

(1)発電機を搭載する

(2)エンジンによって発電しながら充電する

(3)バッテリー自体に発電機能を励起する機能を付加する(ケイ素のメッキは工場が利用できないために、施すことができない)

などが考えられるが、今回は主に（3）について考える。

昭和43年（1968）に大気汚染防止法が施行され、やがて自動車の排気ガスが規制の対象になった。特にディーゼルエンジンの黒煙が問題になって、トラックを運転するとき自分の車の排気ガスが気になっていた。

そんなとき、あるところへ行くと不思議に黒煙が少なくなることに気がついた。そこは、砕石場であった。不思議に思いつつ、石のなんらかの作用かと考えを巡らせ試行錯誤を始めた。石の種類や、それを車のどこに置いたらよいかといろいろと試す中で、石を砕いた粉を塗料に混ぜて、車の目立たない場所にあちこち塗ってみたところ、不思議に排ガスの黒煙が非常に少なくなった。

そこで知人に相談して、何人かに試していただくことにした。塗料を配って車に塗る箇所などを代えていただき、「自然エネルギーを考える会」を発足してみなさんのお知恵を拝借することにした。

（この時、燃料の添加剤に食用油、樹液などの自然の油を添加して排気ガスをクリーンにできないかと考えて「ハコソフト」を作った。添加剤でも排気ガス対策ができるこ

とを確認して商品化したが、詳しくは前著『おかげさま　奇跡の巡り逢い』〈明窓出版〉を参照ください）

「カタリーズ」という名前をつけ会員に配ったところ、ある会員から、

「だめになった乾電池にカタリーズを塗ったら再生した」との報告が入った。

そこで、テストをしたいと市役所にお願いして、回収された古い乾電池を無償でいただき、カタリーズを塗布したところ、劣化の程度により時間差があるものの、90％が再生したのを確認できた。

この時、廃棄バッテリーも20個ほどいただいてテストをしているが、ボルトは上がっても、実際に使用可能なものは10％の２個ほどであった。

そんな折、前述の京都での講演会のデモンストレーションを行って、みなさんからの喝采を浴びたのである。

この時から、さまざまな鉱石を取り寄せ、電池の再生はもとより鉱石で電池はできないかと考えた末、ある組み合わせにすると電球が灯ることを確認した。そこで近藤社長さんに紹介していただき関英男博士をお訪ねし、研究室で「ＵＦＯはこれ（水晶）で飛

んでいるんだよ」とお話いただけたのである。その1か月後に先生の訃報が知らされたが、もう少しお尋ねしたかったと、残念で仕方がない。

しかし、関先生にこの貴重な一言を残していただけたことに感謝したい。

そして、木村秋則さんがUFOに乗られたと聞きお訪ねして、動力が「けい」（ケイ素＝水晶）であったと確認できたのだった。

こんなことがあってよく考えると、鉱石といえば空中から電気信号の音を集めた「鉱石ラジオ」というゲルマニウムラジオを思い出し、「炭素族元素」にスポットを当ててみることにした。

しかしゲルマニウムは値段も高く一般的ではないし、簡単にできないので後回しに考えることにした。

例えば、炭素といえば乾電池の電極はカーボン（＝炭素）だ。

炭といえばまず備長炭を思い出す。備長炭を陽極にして、ケイ素・炭素の組み合わせを代えて実施することにした。

植物の炭も作ってみた。根、幹、種子、花粉、胞子などいろいろなパーツがあり、形や役割においてもそれぞれに特徴がある。

例えば、根は土壌から栄養分を溶けやすくして水分として吸い上げるための円すい形のパイプであり、幹は、根の吸い上げた液をすべて運ぶパイプである。花粉は中空粒子である可能性が高い。そして、それらの炭を燃やしたものはケイ素だ。

鉱石（ケイ素）と植物の根、幹、もみ殻、花粉の炭、および灰（ケイ素）で組み合わせを代え、もう一つの電極とした備長炭とで電気を流すという実験をした（これらを使用した充電方法は、拙著『宇宙から電気を無尽蔵にいただくとっておきの方法　水晶・鉱石に秘められた無限の力』〈明窓出版〉も参照していただきたい）。


また、電源を必要としない充電として、次のような実験もした。

少ない費用で誰でもできる簡単な装置をイメージした実験である。私自身での商品化はいろいろな意味で難しいので、本書を読んでいただいた専門の先生方に、一般に流通するようなかたちにしていただけると幸甚だ。

実験車は、中古の電動車椅子である。

最初の1台は、再生バッテリーを使用して約20か月は走ったが、車体不良のため廃車になった。

2台目の中古電動車椅子は、バッテリーを新しくして、8か月走らせている。場所は、私の会社の工場敷地内だ。走行テストは、工場の休日の土曜日、日曜日に行う。

最初の一歩は、30センチ×20センチのコルクボードに鉱石塗料を塗ってから1、5センチのマス目を描いたものを用意し、それぞれのマス目の角に鉱石メッキを施した長さ1センチの釘を打った。

そのボードを車椅子の座席（クッション部分を外せるようになっている）の下に設置した（バッテリーカバーの上）。

まずは、フル充電でメモリが4であったものを、時速5キロの速さで3500メートル走らせると、2メモリになった。

早川先生のアドバイスで、コイルを追加して走らせると、土曜日曜で2000メートル走行したところで1メモリダウンだった。前回は1750メートルで1メモリ減ったのだから、250メートル分、効率が上がったことになる。

次の土曜日曜までに乗ることはなかったが、４メモリまでに回復していた。
ニコラ・テスラの本を参考に、ケイ素を９００グラム追加して塗ってみた。
すると、走行中にメモリが上昇したのだ。
これに要した費用は、ボード代、釘代、鉱石代で１０００円くらいだった。
電動車椅子は、知り合いの自転車店のご厚意によって無料だった。
今も実験中である。

これについては素人がバカなことをといつもお叱りを受けるが、バカの考えも参考にしていただき、専門家の先生により良い結果を出していただくことを、世界のために期待したい。

ケイ素の力

ＵＦＯは水晶のパワーで飛んでいるとは関英男博士、木村秋則さんがおっしゃっているとはなんべんも言っていることである。

先日、松久正先生の、『高次元シリウスが伝えたい水晶（珪素）化する地球人の秘密』（ヒカルランド）というご本に出会った。

・水晶はあらゆる生命が持っているエネルギーの乱れをただす
・フリーエネルギーと水晶シリコンホール
・宇宙にもあるケイ素の集団
・松果体を活性化する胸腺を活性化する
・ミトコンドリア活性化
・放射能や有害物質の解毒
・人間万能再生能力の向上
・宇宙の叡智が松果体に取り込まれやすいのは深夜の２時ころ

・脳を正しくとらえる

などなど、興味深い内容が満載であった。エネルギーも健康も、水晶が解決してくれると、医学と健康に携わるドクターがおっしゃっているのだ。

私は、医学は専門でないので体にどんな作用があるかはよく分からないけれども、家族が疲れて手や足、肩、腰が痛いと言う時、ちょっと当ててみたらと水晶を渡してみると、「あ、これいいわ。痛みが取れる」と言うところを見ると、先生のおっしゃるとおり、体にもいいらしい。

私としてはＵＦＯはともかく、鉱石の力によってだめになった電池が使えるようになったり、バッテリーが少しでも充電できるらしいと分かっただけでも、大いにありがたかった。

また、野菜や果物の栽培にケイ素を与えると味もよくなり、さらに形の良い大きなものが収穫できるというのも体験できたことは、本当にありがたいことである。

松久先生は、放射能の無害化や有害物質の解毒ができるともおっしゃっている。私には計測装置もないのではっきりしたことは言えないが、フーチテストで確かめてみると、人工的に作られたものはほとんどが左回りになるが、水晶や自然石を近くに置くと素直に右回りになる〈フーチとは、多くの場合、振子〈ペンデュラム〉を使い、その振子の動きによっていろいろなことを判断、判定するもの。質問に対してYESの時は右回り、NOの時は左回りなどと、設定しておく。外国では、医療現場でも利用されているらしい〉。

やはりケイ素、特に水晶をそばに置くと、毒も変化して体に優しいものに変わるのかもしれないと思った次第である。

あとがき

『人類から終わりを消すハナシ』

これは平成29年12月12日発行の河合勝先生のご著書のタイトルであるが、平成25年に発行された「これが無限の【光フリーエネルギー】発生の原理だ」（ヒカルランド）の新装改訂版だそうだ。

私は「これが無限の【光フリーエネルギー】〜」に触発されて新著にたどり着いたのだが、これまでも河合先生の師であられる知花敏彦先生のお話から、ピラミッドの謎、光エネルギーのことなども学んできた。

なぜ素人の私がと不思議に思いつつ、以前からエネルギーについて研究を重ね、鉱石パワーを使って乾電池やバッテリーを再生し、長寿命化を図ってきた。なぜそれができるかの原理を追い求めてもきた。

こうして、河合先生をはじめ、保江邦夫先生、早川先生にお目にかかることができ、ピラミッドのこと、鉱石のことなど、大筋で私の間違いでなかったことを知らせていただけた。

今までのもやもやがすっきり晴れ、よく理解できたことに感謝し、諸先生方に心からお礼を申し上げます。

ありがとうございました。

参考文献

宇宙科学の大予言　知花敏彦　廣済堂出版
水晶（珪素）化する地球人の秘密　松久正　ヒカルランド
ニコラ・テスラの地震兵器と超能力エネルギー　実藤遠　たま出版

参考（実藤先生のご本より）
クリスタル状のもので電源につなぐことなく電気製品を動かすことができる
クリスタル状のものを蓄電池に直角に当てると電池が再生する。

参考資料　カゼ

ここで、私が懇意にさせていただいている、廣野壽喜氏の文章をご紹介したい。カゼは誰にも馴染みのある病ではあるが、その詳細については意外に知られていないのではないだろうか。

私もとても参考になったので、皆様にもご参照いただければ幸いである。

（真農医業　第4号　カゼ）

はじめに

木枯らしが吹き、ブルッと身をふるわせて帰宅する夕方、なんとなく喉の奥がイガイガします。

そういう日には、カゼをひいた人と向かい合って話をしたため、時速百二十キロの咳とともに数万個のウィルスが飛び込んできたのですから、防ぎようがないのです。

あまり食も進みませんが、早めに入浴して汗が出るまで温まると、ようやく生気が戻ってきます。数回のうがいでウィルスを吐き出し、風呂上がりに飲む清水の美味しいこと。コップ三杯も飲むと、喉のイガイガも、清水にうるおされて、ヌルッとしたタンになって出てきます。このようにして、タンを数回出すと、喉がスッキリして食も通ります。

二十八年前まで私は、自然治療を知らず、体の中に毒素が多くあり活力がなかったため、カゼウィルスが容易に体内に侵入したのですぐカゼをひいてしまいました。薬でカゼを抑え一時的に治っても、少し時がたつとすぐぶり返してしまうのです。

カゼの時は卵酒が良いとか、ビタミンCが足りないからミカンや野菜を多く食べればよいとか、あるいは、カゼをひきやすい酸性体質になっているので、もっと、アルカリ性食品を多く摂りなさい——などと教えられ、色々のやり方を試みました。でも、根本的にカゼを治す方法はなかったようです。

毎年この時期（晩秋）になると、カゼについて聞かれることが多いので、その都度話をしてきたことの一端を書きました。もっと、多くの症例や症状、治療等を具体的に書きたいのですが、諸事情により小冊子となりました。

カゼは万病を治す

カゼは私達にとって、一番身近な病気であり、ほとんどの人が経験しています。たいていの人は、寒くなるとカゼをひくのは当然のように思っているようです。一人あたり一年間に平均6回もカゼをひくと、カゼ博士が云っています。「○○はカゼをひかない」などというのも、このように多くの人がカゼにかかるからなのでしょう。

カゼは一口でいいますと、体内の毒素を排泄する自然生理作用なのです。私達は、先天的に種々の毒素を保有しており、後天的にも数多くの毒素を体内に入れたり、作ったりしています。

先天的毒素とは、先祖代々や、自分の前世の罪障によるくもりであり、親ゆずりの体毒等の遺伝的毒素です。これらのことは、遺伝子の解明が進むにつれて明らかになるものと思いますが、今日でも、色々の病気の遺伝子がわかっており、ガンの遺伝子だけでも、数十種類もあるといわれています。

このように遺伝子としてもっているものを、先天的毒素といいます。

後天的毒素とは、薬剤、化学肥料、農薬、化学合成物質など生活環境から受ける毒分子、さらに悪い想念や言葉、行いによる心のくもりなどが原因する不純分子です。自分の内面ばかりでなく、相手から受けて心をくもらし、血液を濁らし毒素となるものもあります。

これらの毒素は、まず人体の各部位、特に最も神経を多く使う頭脳や、その付近の首、リンパ腺、延髄、耳下腺、肩、または多く使う関節や腰に溜まります。

特に、薬を多く服んで仰臥している人は、背中に溜まります。毒素が次第に固まって、肩こりや頭痛、背中や関節の圧迫感や痛みの原因となります。こりがひどく、神経が圧迫され鈍感になっている人は、ひどいこりがあってもわからないのです。

このような毒素の排泄作用がカゼであり、「万病のもと」ならぬ「万病を治すもと」なのです。まだ、広く認められた説とはいえませんが、次のように考えればよいと思います。

体内の清浄作用

毒素の固まりが多くなると、人間生活に支障を及ぼすようになり、体自体が体内の異常に気付いて、その固まりをなくそうと働き始めます。そこで、熱によって固まりを溶解し、体外へ出すようにするのです。悪寒がして熱っぽい症状は、毒素を溶解している個所に体温や血液が集まるので、それ以外の部分は寒気がするのです。熱いような、寒いような、なんとなく気持が悪いのは、カゼの引き始めです。熱によって溶けた毒素が出口を求めて動きだし、濃いものは喀痰《かくたん》、鼻汁、下痢等になり、薄いものは汗や尿になって排泄されます。

咳が出るのは、溶けた毒素が濃い場合、喀痰になって一旦肺に滞留し、咳というポンプ作用を利用して、気管を通って出ようとするためです。また、カゼをひくと、頭や関節、喉の痛みやリンパ腺、中耳炎などの痛みを生じるのは、溶けた毒素が移動するさいに、各局部を刺戟するためです。

つまり、カゼは、病気ではなく、体内の清浄作用なのですから、放っておけば右記の作用が完全に行われて自然に治るのです。ところが、溶解作用による発熱や、排泄作用による各局部の苦痛、（カゼの諸症状）を悪化作用と取り違え、昔からカゼは万病のもとと恐れられてきたのです。

ウィルスの侵入

　一般にカゼは、ウィルスの感染でおこるとされています。そのためウィルスの侵入を防ぐとか、ウィルスの活動力を抑え、ウィルスに侵入されない抵抗力があればよいとかいわれますが、それは、カゼは体内の清浄作用であることをわからないからであります。

いかにウィルスを抑えつけても、体内を清浄にする役目で存在しているのがウィルスです。その人の日常生活に支障をきたすほど多量となった毒素が溜まっているところは、過労や睡眠不足、緊張のゆるみなどがきっかけで生命維持の神経が働いて熱を発し、その熱で毒素や毒化細胞がふやけます。いわゆる、ウィルスが侵入しやすくなるのです。ブヨブヨにふやけた毒素や毒化細胞へカゼウィルスが侵入してそれを食べ、猛烈な勢いで増殖します。

そして、つぎつぎと毒素や毒化細胞を壊し、体内を清浄化しているのです。ですから、毒素や毒化細胞の多い人ほど、カゼにかかりやすく長びくことになるのです。また、脳の中枢や脊髄に毒素が多い人は、命にかかわるようなカゼをひくことがあります。

したがって、このような人は、カゼは万病のもとなどといってはおられません。早いうちに適当な医療を受けるべきです。

毒素集積と排泄までの状態

集積作用　日常生活全般から溜まります。（別著、くもりの原因参照）人体各部位、特に神経を使う頭脳、頸部リンパ腺、延髄、耳下腺、肩、関節などに溜まります。この時点では、無感覚です。

凝結作用　毒素がだんだん固まって、コリや圧迫感、鈍痛などの症状です。

微熱悪寒　毒素が多くなり、その人自身の日常生活に支障を及ぼすようになりますと、生命維持の神経が働き凝結毒素を表面から溶解します。軽い悪寒や熱っぽい症状はそのためです。

溶解作用　芯熱　過労や睡眠不足、緊張のゆるみなどが重なり、濁血や毒化細胞を溶解するために発熱します。悪寒は、毒素及び毒化細胞溶解のところに体熱が集中するためです。カゼウィルス侵入と生体側の防御摩擦により発熱に拍車がかかります。特に芯《しん》に熱があるのはそのような時です。

脈拍多数　心臓の鼓動を早めて、太陽より熱の精気を吸収し体熱を上昇させるためです。固結毒素の溶解には多量の熱と水分が必要のため呼吸も頻繁となります。

呼吸頻繁　体熱上昇により温められた毒素の溶解を促進し、液体化し、うすめて排泄可能とならしめるため、肺臓が呼吸を早めて空気中の水分を多く吸収しているのです。このような時、熱いお茶が欲しくなるのです。

高熱　芯に集中していた熱が溶解された毒素を体外に排泄誘導するためです。高熱が表面に現れた時は治る前兆です。または、体力旺盛な生体が激しい浄化を起こすためです。

排泄作用　希薄な毒素は気化し、ウィルスや、濃い毒素は、咳やくしゃみ、汗、鼻汁、

小水、下痢などで排泄されます。

以上が、カゼの普通の順序であります。

薬は毒である

医療でカゼが完治しないのは、よく知られているところです。薬を一言で言いますと毒物であって、体内の清浄作用を止め、痛みを感じる神経を麻痺させるものなのです。最近になってようやく薬の毒性や副作用について、一般の人たちも注目するようになってきました。しかし薬によって病気を治すということが頭から離れない人が大多数を占めていますし、痛みがなくなるのなら結構じゃあないかと思っている人さえいるのです。しかし、薬の毒が、私達の体に与える悪影響を考えると、そんなことはいっておられないのです。

悪循環の薬物使用

医療をはじめ、自然治療を除くあらゆる治療法は、体内の清浄作用、カゼをことごとく停止させ、痛みを感じる神経を麻痺させます。薬剤や氷によって解熱するということは、熱によって、せっかく溶け始めた毒素を元に戻して固めてしまうことなのです。

この還元作用によって、症状はへり熱も下がるので、カゼが治ったものと思い込んでしまうのです。ところが元に戻った毒素に薬の毒分が加わって、最初より毒素の固まりが強まります。それが清浄作用によって、また溶かされるのですから、薬剤によってカゼを治そうとすればする程、悪循環となり、以前より毒分子が多くなった分だけ体が鈍重となって、最後には、思わぬ大病を引き起こすことになるわけです。

言い換えれば誤った治療法（薬物使用）が体内の清浄作用であるカゼを大病に作りかえてしまうわけです。昔から、カゼは万病のもとといったのはこのことを指したものでしょう。

老人医療制度のおかげで、七十歳以上は、立派なお医者様から親切に診断、治療を受けられるようになったものですから、安心して楽しみながら病院通いをすることが出来るのです（＊高木考察：しかし最近は、夜間救急車で行くも、「老人は明日、地元の医師の紹介状を持参してきなさい」と言われる始末である）。

今日は、目がカスミ、膝も痛いので眼科と整形外科、そして翌日は、胃がもたれるから内科、その次の日は、頭が重いので脳神経科……というように、病院をハシゴしている老人が多い現状です。

そのように、病院通いを繰り返し、薬をあびるほど服んで健康になれば結構なことですが、逆に、寝たきりや、ボケ老人が多くなり社会問題となっているのです。

「『カゼぐらいは、薬を飲まないで体を温かくして寝ていたほうが良いのです』と話をしても、薬を欲しがる人が多くて困ります」と、友人のお医者さんが嘆いていました。この良心的なお医者さんのいうように、薬を飲まず、体を温めて、安静にして休んでいる方が治りが早いのです。

大切なことは、普段の生活に留意し、濁血や毒素を作らないことです。浄血であり、活気あふれる清浄細胞であれば、カゼウィルスが侵入しても、体内に餌となるものがないのですみやかに出てゆくことになるのです。ちょうど、泥棒が入っても、盗られるものがなければそのまま出てゆくのと同じことです。

薬好きの日本人

年々薬の消費量が増加しています。平成元年度の医療費は、二十兆円、そのうち薬代だけで、八億円も見込まれています。でも副作用の害を知って、医者から薬を貰っても服まない人も多くなり、半数以上捨てられているとの話も聞きます。

特に、老人の一人あたりの医療費は、年間五十万円を越えているのには驚きます。

物質が豊かでなかった昔は、薬が高価であり、病気になっても十分な治療を受けられず、したがって満足に薬も服めなかったようです。薬さえ多く服めば早く病気が治る——との思いが心の底にしみてしまい、薬依存の老人が多いのではないかと思います。

自然治療を待つ

昔の健康な人は、春と秋にカゼをひいて、体内を清浄にし、真の健康を保っていたようです。

私の祖父は生まれて一度も薬と名の付くものは服んだことがないと自慢するほど、すこぶる健康でした。少しの傷や打撲は按摩膏（貼り薬）を貼っているだけで、化膿（ルビ　かのう）することなく治ってしまうのです。毒素が少なく、生命力が旺盛でしたので、病気らしい病気はしたことがなかったようです。

それでも、寝込むほどではありませんが、一年に二回は、必ずカゼをひいていました。「春にカゼをひいておけば夏の暑さにバテず、晩秋にカゼをひけば冬の寒さに耐えられる体になる」といって、薬を服まず、自然に治るのを待っていました。自ずから自然の計らいに従っていたようです。真の健康である毒素排泄の清浄作用を体験で知っていたのでしょう。病気をしないから薬を服むことがなく、薬を服まないから健康であったのかもしれません。

ところが、少しのカゼや病気も薬で止めてしまう現代人の多くは、表面は健康そうでも多量の毒素や毒化細胞保有の身体となり、カゼもひけない鈍感な神経になっているのです。そのため成人病や悪性の病気、難病や精神病などの治りにくい病気が多くなってしまったのです。

あるいは、血液が濁り、血管が脆《もろ》くなっているので、脳血管の病気や、心不全による死亡者が多くなっているのです。そうなる前にカゼは清浄作用であることを理解して、自然に治してみましょう。

うつすと治る?

たいていのカゼは感染でおこります。そのため「カゼは人にうつすと治る」などといわれていますが、どんなに人にうつそうと思っても、治る時期がこなければ、うつすことはできません。カゼウィルスは、生体のふやけた毒素や毒化細胞を餌として成長し増殖し続けて生体内を清浄にしますから、ちょうど毒素を食べつくす頃に出会った人が同じ性質の毒素を持ち、しかも餌となりやすい状態になっていますと、猛スピードでその人に伝播するのです。

例えば、同じ家族の中で一人がカゼをひくと、次々とカゼをひくことがあります。○○がカゼを持ってきたからなどと冗談で責めあっているのをよく聞きますが、このような理由から「カゼは人にうつすと治る」と言われるようになったのでしょう。

間に合わない抗体

カゼをひいて治ったあとはその病原体のウィルスに対して免疫となり、同じウィルスによるカゼには二度とかからないといいます。また、カゼに対する最も有効な薬は、ウィルスに感染した人の生体そのものが製造する「抗体」であるともいいます。抗体は、身体の外から入ってきた異物（ウィルス）に抵抗して破壊します。

ところが、生体を清浄する役目で存在しているウィルスですから、毒素の種類や性質の違いの数に比例してウィルスも自然に発生することになります。特に、インフルエンザウィルスは、違った型が出現して流行するので、免疫になっていても役に立たないのです。

ウィルスが侵入し、ふやけた毒素や毒化細胞を破壊し（食べ尽くし）、いわゆるカゼが治りかけた頃に、ようやく、生体内でそのウィルスに対する抗体が製造されるのですから、やはり遅いのです。そのため毎年のように冬になると、インフルエンザウィルスが猛威をふるい大流行するのです。

交感神経や副交感神経の働きで、朝目覚めて、日中は活動し、夜は休息して生命を維持している生体は、より以上の生命維持のために熱を発して、生体に溜まった毒素を溶解し、ウィルスの侵入や活動を促しています。また一方では、そのウィルスに抵抗する抗体をも製造しているのです。

感染部位で症状に差

一般的には、カゼをひくと悪寒がして熱が出ますが、軽い人は汗を沢山出すと治ります。重い人や、体の弱い人は、グズグズしてすっきりしません。長引いて、セキをしています。また、同じ時期にカゼをひいても、各人各様にカゼをひく箇所や症状が違うのは、ウィルスの種類や性質の違いと、毒素の量や集積場所の違いによるのです。

喉や食道、胃がタダレる消化器系統のカゼは、食欲が減退します。

呼吸器系がカゼをひくと、咳や痰を出し、頭部がカゼをひいて、鼻汁や目やにが出ます。体の関節や筋肉がカゼをひくと、そこが痛み多量の汗がでます。泌尿器がカゼをひくと、渋茶のような小水が出ます。小腸や大腸がカゼをひくと、下痢となります。

カゼで機能に活力

私は、小学校四年生の頃から胃腸が弱く色々の治療を受け、薬も多量に服みました。その上、座骨神経痛もあり激痛で居間をゴロゴロ転げ回ることもたびたびでした。

青年になるにつれて、単なる胸やけや胃弱が胃潰瘍と慢性胃炎となり、激痛をおさえるために、食事より薬を服む量が多い時もありました。今は禁止になっている、パラチオン、ＢＨＣ、ＤＤＴや有機塩素剤系の劇薬の農薬を散布したのも病気が重くなったようです。このようにして病気を治すはずの薬が多くなるのに比例して体が弱くなり、カゼをひきやすい体質となったようです。そしてカゼをひくのはいつも消化器系なのです。胃や腸に熱が出て、タダレて痛むのです。

ところが二十八年ほど前に「カゼは、万病のもとではなく、万病を治すもとである」と知らされてから、カゼをひいても、身体が清浄になり健康になるためなら、と我慢して、自然に治るのを待つようにしたのです。初めの頃は苦痛でしたが、薬を用いず、ジョウレイ治療を受けて治した後の体の爽快感、清々しさを味わうようになりました。カゼをひくのを恐れなくなり、そのうちに、カゼの症状が違ってきたのに気付きました。胃腸が弱く主に消化器系のカゼをひいていたのが、ジョウレイ治療を受けて七年目頃から呼吸器系統のカゼをひくようになったのです。咳と痰が多く出て、くず籠がすぐ一杯になるのです。三年ぐらい続きました。

その後は、腰や肩、手足の関節が痛むカゼをひき、猛烈な汗が出るのです。肌着が汗で濡れ、しぼれるほど出るのです。四、五日続くのは軽い方でひどい時には、一ヶ月間、毎日、肌着を四、五回かえなければならないこともありました。そして、この時の肌着は、わきの下が黄色のシミとなり、前に服んだ薬の悪臭がして、いくら洗濯をしてもとれず、処分しました。二ヶ月おきぐらいに、汗の出るカゼをひいていたようです。

二十数年間で、数十回カゼをひき、消化器、呼吸器、関節や筋肉の細胞が幾分清浄になったのでしょうか、その後はほとんどカゼをひいていません。でも頭部にはまだ農薬等が残存しているのか、熱の出ることがあります。このように時々カゼを繰り返し、そのたびに各機能に活力がついてきたので、若い時以上に活気があります。

やはり、「カゼは、万病のもとではなく、万病を治すもとである」ということが、私の体験によってうなずくことが出来ます。

ジョウレイ治療に関しては、後日別号に書きたいと思います。

五感がフィルター

めったに観ることのないテレビのスイッチを入れたら、人体臓器手術についての座談会を放映していました。日本をはじめ、先進国の臓器医学の権威ある方々ばかりが、人工臓器や移植手術、生命倫理や各国の現状など、話題を展開されていました。そのなかで国際臓器学会理事長の能勢先生が、カゼに関係した、興味ある話をされておりましたのでここに引用し、私の考えを書きます。

先生の話は、「人間の臓器、心臓や肝臓、肺臓等、あらゆるところに汚れやほこりが溜まってしまい、臓器の機能が果たせなくなり、病気になってしまう。その汚れやほこりを防ぐフィルターや、掃除する装置があれば、病気にならずに済む。神様が人間を創る時に、フィルターや装置を忘れてしまったのではないか」というものでした。能勢先生の言われたことが本当なのでしょうか。しばし沈黙し、とくと考えてみました。

その結論から先に書きます。

万能の神、創造主の神が、自ら造った最高傑作といわれる人間を創るのに、そのようなフィルターや装置を忘れてしまうことがあるのでしょうか。

否、神は、人間に最高の濾過装置や清浄作用を、お与え下さっているのです。しかも、冷暖房機についているような無味乾燥なものではなく、生まれながらに備わっている五感なのです。それが人間を、あらゆる面から楽しませながら、生命を守り、生存させてくださっているものなのです。

触覚

先ず皮膚からみてみましょう。ふわっとしたあたたかさに皮膚や心がゆるやかになり、ビリッとした寒さに緊張しこころがひきしまります。あるいは炎天下、木陰にわたるそよ風の涼しさや、汗にまみれた体を湯浴みする時の気落ちよさなどありますが、これらは健康な体と、自然の清純な空気や水、快適な湯等々の条件が備わっていてこそ感じられるのです。度の過ぎた暑さや寒さ、汚れた空気や強風は、生命に危険を与えます。人が持つフィルターを突き抜けて生体内に侵入してしまうというわけです。

生まれながら備わっている触覚で楽しめる範囲が、いわゆる、神が与えてくれたフィルターの限度なのです。同じ触覚でも口の中はもっと敏感です。適度以上の冷たいものや熱いものは勿論、葉で噛み砕けない固いもの、毛のような細かいものでも、消化されず有害なものは神経が敏感にとらえ舌で出してしまいます。やはり触覚は、生を楽しませながら、生命を守るために備わっているフィルターであることがわかります。

嗅覚・味覚

毒ガスのような強烈な臭気や、生命に危険を与える匂いから逃れて身を守り、芳香を楽しむために嗅覚器があるのです。

フィルターの中で、特に重要な役割を果たしているのが味覚のようです。もし、おいしいという感覚が無く、生命を維持するためだけに食をしなければならないとしたら、食事を作ったり摂取することが、何よりもわずらわしく、苦痛にすら感じるのではないでしょうか。その反対に、毎日毎日がおいしく、食膳に出されたものが、ちょうどそのとき食べたかったものであったりする時は喜びです。味覚を通じて、食を楽しみながら生命を維持しているのです。

その上、さらに味覚が澄んで調ってくると、食べ物に含まれている微量の不純分子をも敏感に感知して、体内への侵入を防ぐことが出来るようになります。反対に、食べ物の奥に含まれている微かな味をも楽しめるようにもなるのです。このようなことからみましても、体の全ての感覚は生を楽しみながら、生命を守るためのフィルターであることがわかります。

消化・吸収

体内をみてみましょう。酸化が進んだものや、体に合わないもの、あるいは消化吸収できないものを飲み込んだ場合には、吐き出すとか下痢をして排泄してしまいます。体調が悪い時はなおさらです。口喉、食道、胃、腸、全てに完備されているフィルターの働きがあればこそ、食べた米や野菜、魚や肉などから栄養となるものを吸収して、残りを小水や便として排泄しているのです。特に腎臓は完璧なフィルター装置として作動し、一日百八十リットルの血液を濾過し、約一パーセント弱の不純物を尿としているのです。NHKで放映された「驚異の小宇宙『人体』」で観ましたが、胎児を育む胎盤はフィルターとしての働きも絶妙なものでした。生命が母体に宿り、胎児が成長する様子を観ていますと、決して人間が手を触れてはならないもの、敬虔な心でいとおしまなければならないものであり、まさしく「神の御業」そのものを観せられているようでした。テレビの画面ながら、おがむ想いで凝視してしまいました。

大切な旬の味

神は人体を創ると同時に、体を維持するために必要な、その体に合う食物を用意されているといわれています。それは人間を生んだ母体から出る乳が、赤児が飲んで成長するのに最も適した養分であり、味であり、しかもちょうどよい温度であるのをみてもうなずくことができます。

自然と人間の関係をみましても同じです。春は地上に伸びるものや若芽を食べて清清した気分で働き、暑い夏にはスイカを食べて利尿効果を促し、腎臓の働きを活発にして体内を清浄にし、秋には柿を食べて体内の毒素を排泄しておけば、重いカゼをひくことなく冬を越せます。旬《じゅん》のものがおいしいということは、神が人間を創ると同時にその時期に必要なものが収穫されて食膳に出されるようお計らい下さっているようにも察せられます。

このように神の定めた自然の道理に則したものを楽しみながら食しておれば、五感をはじめ、人体機能のフィルターが働いて、有害物質を防御し濾過し、スムーズに排泄して、健康が維持されるのです。また少しぐらいの不純物やアクなどが含まれていても、カゼという浄化作用の掃除によって、毒素が排泄されますことは、前に説明した通りです。

有害物質で麻痺

ところが最近は、自然の味や旬のものが少なくなり、人工的な食物が増えています。農作物のほとんどは、合理性の追求から低コストによる大量生産を目的として、化学肥料や農薬、成長促進剤等の化学物質を大量に使用し、遺伝子までが変異されたものもあります。その上、防腐剤等の化学物質が添加され、粗悪で危険な食べ物となっています。農作物ばかりではなく、動物性食品や加工食品全てがそのようになっています。

これらを毎日食べ続けている現代人の五感はゆがめられて麻痺し、各器官の機能もかなりのダメージを受けて鈍感になっているようです。極く微量ずつ体内に侵入しているため、防衛反応を示さず、徐々に蓄積し、ガンなどの難病の原因となってしまうこともあるといわれています。いわゆるカゼという毒素排泄作用を起こさせない体になっている人が多いのです。カゼは浄化作用と知っていても、自力ではカゼのひけない鈍感な凝健康体になっているのです。そのような体が急性肺炎や肺ガンなどに冒されやすいのです。

ボタンのかけ直しを

一個のガン遺伝子が、一グラムのガン細胞（約十億個）になるまで、約九年から二十年といわれています。このように時間をかけて作られた病気を簡単に治そうとしても、そうはいかないのです。でもたまに治る人があります。そのような人は、体全体の毒素が一部に濃縮してガンになっているのです。その他、造血作用が活発で新鮮な血液が多く、体力や活力もあり、生命の法則に則った生活に切り替えた人なのです。あるいはそのような生活をしなければならないような人なのです。

体内細胞の相当量や、生命機能の中枢にまでガンが転移するような濁った血液細胞の体になってからでは、完治は難しいようです。ちょうど、ジュータンのような厚い布を長年使用し、芯まで汚れの浸み込んでしまったものが簡単にきれいにならないようなものです。

ボタンのかけ違いとはよく引き合いに出される言葉ですが、合わなくなってしまったボタンを途中でいくら合わせようとしてもうまくいきません。無理にあわせようとすればちぎれるか傷がついてしまいます。それでも直れば良い方です。たいてい、直す方法そのものが、ボタンと穴の差を増々広げてしまい複雑化してしまうばかりのようです。

世界中で、最も文明が進み豊かになった日本人が、治りにくい病気に罹りやすい体質になっていると言われています。これらの大半は、食物の間違いによるものと思われます。「飽食だ」、「グルメだ」と云っていられる金余りの日本だけに、ボタンを外して最初からかけ直す余裕はあると思います。そのために文明が進み、物質が豊かになったものと察せられます。

健康で、豊かで、高度に進歩した文明の利器を活用し、文化を楽しめる二十一世紀を謳歌《おうか》できる人間となるために、ボタンを始めからかけ直しましょう。それは、真の健康法と、食の真道を知って実行することです。

真の健康こそは、人間の生きてゆくことの全ての根本となるものであるからです。

おわりに

以前、草柳大蔵先生の講演をお聞きするグループのメンバーであった、トータルヘルスデザイン社の当時の社長であられた近藤洋一様と、山仁会社の関谷社長様にお目にかかった。

関谷社長様には、丹羽靭負博士開発の、鉱石の波動で病気を防ぐ水を作るという、波動鉱石丸薬（乾燥剤）をお作りいただいた。

この直径1センチほどの丸薬を入れると、水が変わり、豊田自動車の塗装工場の水を良くすることができた（1個200円の鉱石乾燥剤。100個で2万円）。

1日で不良がほとんど出なくなり、全工場（22工場）の現場の洗浄水改良剤として、一工場当たり、100個入りの洗浄剤をご購入いただき、大変なおほめを戴いたことを、今でも嬉しく覚えている。

これは、先述のように、私の高校時代の同級生であった竹中工務店の、当時の営業部長であった早崎君が、

「高木、お前も水を使用する工場を経営しているなら、この本を読むといいぞ」と出してくれた、『水――いのちと健康の科学』(丹羽靭負　ビジネス社)という本からアイディアをいただいて開発したものであった。

このように、様々なご縁がつながり、これまでも人様に喜んでいただけるものを作ることができた。

体力は落ちても、まだまだ気力は衰えていないので、これからも、役に立つものを研究、開発していく所存である。

プロフィール

高木 利誌（たかぎ としじ）

1932年（昭和7年）、愛知県豊田市生まれ。旧制中学1年生の8月に終戦を迎え、制度変更により高校編入。高校1年生の8月、製パン工場を開業。高校生活と製パン業を併業する。理科系進学を希望するも恩師のアドバイスで文系の中央大学法学部進学。卒業後、岐阜県警奉職。35歳にて退職。1969年（昭和44年）、高木特殊工業株式会社設立開業。53歳のとき脳梗塞、63歳でがんを発病。これを機に、経営を息子に任せ、民間療法によりがん治癒。現在に至る。

ぼけ防止のために勉強して、いただけた免状（令和4年10月4日には、6段になった）

2030年《ねん》 心豊《こころゆた》かな暮《く》らし

高木《たかぎ》　利誌《としじ》

明窓出版

令和七年三月十日　初刷発行
発行者――麻生 真澄
発行所――明窓出版株式会社
〒一六四―〇〇一二
東京都中野区本町六―二七―一三
印刷所――中央精版印刷株式会社

ISBN978-4-89634-486-8

本体価格　1,000 円＋税

「これまでの人生のなか、戻れるならいつがよいか」

そう問われた高木利誌氏は
「高校3年生。まさに無限の可能性があった。
その次が……現在である」
と答えた。

希望に燃え、指導者に恵まれ、なにものにも代えがたい若さがあったあの頃。しかし 90 余年の人生を過ごしてきた今も、変わらぬスピリットで研鑽を深め、新たな研究開発に邁進していく高木氏の瞳には、若かりしあの頃と変わらない輝きが宿っている。

目　次

「人生とは不思議なものである。

『宇宙の采配』が、常にそこにある気がしてならない」

（あとがきより）

本体価格　1,000 円＋税

「この世で人類のために尽くせ」――ある日そう夢の中で諭された高木氏は、これは天命と利他主義に徹し、日々社会や人に役立つ技術を模索し続ける日々を送る。

自然由来のさまざまな永久エネルギーの開発に血肉を注ぐ中、そこからつながる人や環境への感謝が、高木氏をさらなる探究へと向かわせる大きなエネルギーとなった。

卒寿を越え、また新たな宇宙の采配が高木氏にもたらすものとは?

目　次

2020年～

我々は誰もが予想だにしなかった脅威の新型コロナウイルスの蔓延により、世界規模の大恐慌に見舞われている。
ここからの復旧は、不況前のかたちに戻るのではなく、
時代の大転換を迎えるのである――

本体価格　①～④各 1,000 円＋税　⑤⑥各 800 円＋税

次世代への礎となるもの

戦争を背景とし、日本全体が貧しかった中でパン製造業により収めた成功。その成功体験の中で、「買っていただけるものを製造する喜び」を知り、それは技術者として誰にもできない新しい商品を開発する未来への礎となった。数奇な運命に翻弄されながらも自身の会社を立ち上げた著者は、本業のメッキ業の傍らに発明開発の道を歩んでいく。

自身の家族や、生活環境からの数々のエピソードを通して語られる、両親への愛と感謝、そして新技術開発に向けての飽くなき姿勢。

本書には著者が自ら発足した「自然エネルギーを考える会」を通して結果を残した発明品である鉱石塗料や、鈴木石・土の力・近赤外線など、自然物を原料としたエネルギーに対する考察も網羅。


偉大なる自然物からの恩恵を感じていただける一冊。

全ての功績に共通するのは「おかげさま」の精神

本体価格　1,800 円＋税

東海の発明王による、日本人が技術とアイデアで生き残る為の人生法則

日本の自動車業界の発展におおいに貢献した著者が初めて明かした革命的なアイデアの源泉。そして、人生の機微に触れる至極の名言の数々。
高校生でパン屋を大成功させ、ヤクザも一目置く敏腕警察官となった男は、いま、何を伝えようとするのか?

“今日という日”に感謝できるエピソードが詰まった珠玉の短編集。

世のため人のため——

63歳で患った末期癌を、自然のすばらしい力により寛解し、90歳になった今もなお精力的に活動する高木氏。

鉱物の力を、自身が培ってきたメッキ技術と融合させ完成させたパワーリング・カタリーズテープの効力には、各界より多数の称賛が寄せられている。

また、

「命を与え、育み、ときに病気も改善するのは水だ」

という悟りに達し、自身の病において鉱物の恩恵にも授かった高木氏は、そのどちらも使用する者の意思を映すものであり、

「ありがとう」

という気持ちがあってこそだと言う。

今もなお猛威を振るう新型コロナウイルスに自身も翻弄されつつ、振り返る90年の人生。

その道中を塞がれることは幾度もあったが、探究心は枯れることなく高木氏を突き動かしてきた。

変わりゆく世の中にあり、なお
**「ありがたい時代に
生きさせていただいている幸せに
感謝している」**

という高木氏の、感謝と社会貢献はこれからも続いていく。

目次

本体価格 1,000円＋税

本体価格　1,000 円＋税

戦前、戦中、戦後、そして令和の世と、今なお激動の日本を歩む高木氏。90 歳を越え、目まぐるしく変わる日本の情勢、教育、環境を憂いながら、研鑽を重ね、自利利他の精神を体現する高木氏の根底にあるのは、高校時代の恩師の「世のため人のためにお尽くしするのが、一つの使命」という教示であった。

高木氏が開発したカタリーズテープは、医療の現場において難病の快癒に貢献したことが報告されており、さらなる可能性が期待される。

今回は、高木氏自身も体験した鉱石による新型コロナウイルス感染症の寛解にも触れている。

目　次

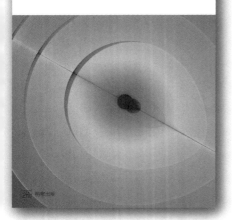